1989 목포

1989 목포

이진숙 소설집

도서출판 북인

Contents

춤추는 풍선인형

춤추는 풍선인형

복도는 미로 같아서 매번 헷갈렸다. 2-1과 2-2를 지나는 맞은편에 남녀화장실이 있고 화장실 출입문에서 1미터쯤 더 가면 막다른 코너에 음수대가 나온다. 음수대 주변은 공중화장실 못지않게 더러웠다. 물에 젖은 휴지가 퉁퉁 불은 채 바닥에 널브러졌고 정수기 물받이는 항상 물이 가득 차 있었다. 코크에서 떨어진 잔수가 물받이를 넘쳐 바닥으로 흘러내렸다. 냉온 코크 입구가 곰팡이로 까맣게 테를 둘렀는데도 학생들은 아무렇지 않게 물을 빼 마셨다. 아예 코크에 입을 대고 마시는 녀석들도 있었다. 내가 이 학교에서 근무하는 동안 정수기를 점검하는 걸 본 적이 없다. 학교 쉬는 날에만 정수기관리사가 방문하고 또 학생들이 워낙 험하게 써서 어쩔 수 없다며 행정실직원은 정수기관리업체를 두둔했다.

복도 막다른 코너에서 오른쪽으로 몸을 돌려 직진하면 특별반이 있는 신관이 나오고 계단을 따라 아래로 내려가면 1층 복도로 이어진다. 자칫 아무 생각 없이 계단을 걸어가다 보면 반지하에 있는 도서관까지 내려가고 만다. 나는 매번 도서관 출입문 앞에 멈췄다가 다시 올라오곤 했다. 오늘도 예외 없이 도서관 출입문과 마주했고 누가 볼 새라 재빨리 몸을 돌려 1층으로 올라왔다.

교장실은 1층 중앙에 자리했다. 이 학교에 처음 온 날 교장실에 인사를 갔었다. 그날 보았던 교장 얼굴이 어땠는지는 기억이 가물가물하다. 교장실은 교실 한 칸쯤 되어 보이는 제법 널찍한 공간이었다. 떡 봐도 값이 나감직한 고급 탁자와 소가죽 소파가 중앙에 놓였고 이파리 싱싱한 야자나무와 벤자민 화분이 탁자 양쪽에 나란히 놓여 있었다. 한쪽 벽에는 역대 교장들 인물 사진을 담은 액자가 걸려 있었는데 액자 속 얼굴들이 하나같이 닮았다는 기억이 난다. 교장은 머리카락 수만큼이나 말수도 적었다. 우리를 데려간 교무부장이 '이번에 새로 온 인턴들입니다' 하고 소개하자 '어, 그래' 흘끔 한번 쳐다보고는 한 손을 휙 저어 나가라는 신호를 했다. 교무부장을 따라 교장실을 나오다가 출입문 한쪽 귀퉁이에 세워진 황금색 골프 가방이 눈에 띄어 유심히 봤던 기억도 있다.

똑똑, 가볍게 노크를 하고 3초 정도 기다렸다가 문을 열었다. 교장실 안에 들어서자 2-2 담임인 기술이 소파에 앉아 나를 올려다봤다. 여기 앉아요. 기술은 한 손으로 제 옆자리를 가리키며 말했다. 기술은 어두운 바탕에 붉은 계열의 꽃무늬가 프린트된 시폰원피스를 입고 있었다. 깊게 파인 목을 차분한 단색 스카프로 감싸 희고 투명한 그녀 얼굴에서 광이 났다. 검정색 럭셔리한 소가죽 소파가 배경이 되어 그녀가 더 돋보였다. 나는 교장을 향해 살짝 고개를 숙이고는 기술의 화사한 원피스 자락이 검정색 내 면바지에 닿을 새라 허벅지에 힘을 줘가며 소파 모서리에 겨우 엉덩이를 걸쳤다. 엉덩이가 자석에 이끌리듯 저절로 소파에 파묻히는 느낌이었다. 손바닥에 닿은 소파가죽의 촉감이 살아 있는 송아지 허벅지를 만지는 착각이 들 정도로 말랑말랑했다.

"저희 반 선예 아시죠?"

"네, 알아요."

"그 애 땜에 교장선생님도 여간 골치가 아프세요. 이따 선예 엄마가 찾아올 건데 샘이 좀 만나주셨음 해요. 시끄럽지 않게 잘 좀 처리해주세요."

"네에."

"그만 가보세요."

소가죽의 안락함을 채 느끼기도 전에 바로 일어나야 했다. 말수 적은 교장은 이번에도 단 한마디를 안 했다. 어쩌면 나에게 눈길조차 주지 않았던 것 같다. 굳이 교장실까지 나를 부를 이유는 없어보였다. 기술은 다리를 꼬고 앉아서 잘 가라는 눈짓을 했다. 얼굴 근육을 움직이지 않고 눈으로만 웃는 인사법은 그녀만의 특기였다. 오늘 따라 그녀 눈화장과 입술색이 짙었다. 화장이나 옷차림은 개인적 취향이라고 쳐도 나보다 한참 어린 게 뻣뻣하게 구는 건 처음부터 거슬렸다. 은근히 내리까는 말투와 팔장을 끼고 눈을 위아래로 치뜨며 말할 때는 정말이지 밥맛이었다. 오냐, 너 어디 한번 걸리기만 해봐라 벼르다가 그녀가 교장의 조카며느리라는 걸 알고는 바로 체념했다. 자신의 전공도 아닌 기술 과목으로 이 학교에 들어온 것부터가 웃기는 일이었다. 교직원은 물론이고 학생들조차 뒤에서 마구 까대면서 정작 그녀 앞에서는 한마디도 못했다. 교장실을 나오면서 벽에 걸린 역대 교장들 사진을 다시금 죽 훑었다. 역시나 하나같이 닮았다. 출입문에서 가장 가까운 쪽이 현 교장이었다. 방금 교장의 실물을 봤는데도 사진 속 그가 여전히 낯설었다. 출입문 귀퉁이에 세워놓은 반질반질 윤나는 금색 골프 가방이 오히려 낯이 익다고 해야 하나. 정년이 한참 지난 나이에도 교장이 건재한 비밀이 저 골프 가방 안에 들어 있을 것만 같았다.

점심시간을 알리는 음악이 울렸다. 이미 밥맛은 달아나버렸다. 우유 하나 사서 상담실에 올라가려고 매점으로 향했다. 매점은 본관 우측 신축 건물 1층에 있다. 복도를 따라가도 되는데 하늘도 보고 선선한 바람도 쐬려고 건물 밖으로 나왔다. 학교 정문에서 현관까지 이어진 버들길에 시화전이 열리고 있었다. 버들길 시화전은 이 학교 오랜 전통이었다. 해마다 5월께면 교내 백일장을 열어 우수작품을 뽑았고 뽑힌 작품들을 시화로 제작해서 버드나무에 매달아 전시했다. 올해 백일장 심사를 내게도 부탁해서 참여했었다. 작품 수준이 별반 높지 않아 당선작을 금방 골라낼 수 있었다. 유독 눈에 띄는 작품이 「소풍」이라는 시였다. 소풍날 도시락에서 머리카락이 나오자 도시락을 먹지 않고 돌아와 몸 아픈 어머니께 화를 낸 일을 시로 썼다. 그러고 얼마 후 어머니가 세상을 떠났고, 해마다 가을 소풍날이면 어머니가 생각난다는, 2학년 재우 시를 장원으로 뽑았다. 장원한테는 문화상품권 열 장이 부상으로 주어졌고 우수작과 가작 스무 편까지 선정해서 시화전을 열었다. 시화작품을 보려고 등나무 벤치로 걸어갔다. 점심을 일찍 먹은 학생들 몇몇이 시화를 보고 있었다. 밋밋하던 시를 그림과 글씨로 꾸미고 근사한 틀에 끼워넣으니 그럴 듯했다. 한 편 한 편 살펴보다가 장원한 재우 시화 앞에 섰다. 그때였다.

"새꺄, 멀쩡한 너그 엄말 와 하늘로 보내고 그라노?"

"몰라서 묻나? 문상이 열 장이다 아이가!"

"와아 새꺄, 어젯밤에도 너그 엄마 제일갈빗집서 쟁반 나르대."

재우와 그 친구들이었다. 그들은 일부러 내 쪽에 바짝 붙어서는 소리 내어 키득거렸다. 나는 몸을 돌려 녀석들을 쏘아봤다. 녀석들은 나와 마주치자 인사랍시고 눈을 치뜬 채 고개를 까딱거렸다. 그때 덩치 큰 한 녀석이 재우를 내 쪽으로 세게 밀쳤다. 재우는 덮치듯 나를 향해 넘어졌다. 아니 넘어진 척 내 귓불 가까이에 입김을 섞어 '시발년아!' 하고 내뱉었다. 그러더니 잽싸게 저를 밀친 녀석의 이름을 부르며 쫓아갔다. 녀석들은 우르르 몰려가면서도 고개를 돌려 흘끔흘끔 내 표정을 즐겼다. 어떤 녀석은 보란 듯 팔다리를 크게 움직이며 춤을 춰댔다. 나는 귓불까지 벌게진 채 씩씩거리고 서 있었다. 바로 내 앞에 걸린 녀석의 시화를 집어들어 땅바닥에 내리치고 발로 지근지근 밟아버리고 싶었다. 그럴 용기도 없는 나는 매점에 들르지 않고 곧장 상담실로 올라와버렸다.

5개월 전 대학원 동기가 인턴교사 자리를 소개해줘서 B고에 오게 되었다. 6개월짜리 계약직인데 근무평가가 좋으면 연장이 가능하다고 했다. 찬밥 더운밥 가릴 처지가 아니었다. 임용고시 네 번 낙방에다 요즘은 과외자리 구하기도 힘들었다. 어렵게 구한 과외는 두 달을 못 넘기고 끊어졌다. 아이들은 제멋대로 약속을 어겼고 부모들은 과외교사만 탓했다. 중간고사나 기말시험이 발표되면 과외를 시작했다가 반짝 단물만 쪽쪽 빨아먹고 시험이 끝나면 바로 끊어버리는 얌체 학부모도 많았다.

B고는 내가 사는 도시에서 차로 30여 분 거리의 면소재지에 위치한 사립재단이다. 연합에서 떨어진 애들과 인근 학교에서 사고치고 쫓겨난 일명 쓰레기들이 졸업장이나 받으러 오는 곳이라고들 소문이 안 좋았다. 성적은 어중간하면서 머리깨나 굴리는 녀석들이 농어촌특별전형이나 내신등급을 노리고 지원하기도 했다. 학년마다 두 개의 특별반을 두고는 이름에 어울리게 아주 특별하게 운영되었다. 특별반은 신관에 따로 교실을 두고 보통반 애들과 분리시켜놓았다. 특별반 교실은 최신형 냉난방 시스템과 공기청정기가 설치돼 있고 영상강의를 위한 멀티미디어시스템도 완비했다. 낡은 구관과는 비할 수 없는 시설이고 한마디로 특혜였다. 보통반 애들 중에서도 특별반에 들어가려고 애쓰는 애들이 몇몇 보이긴 했으나 대부분은 포기했다. 보통반 수업 분위기로는 성적 올리기가 쉬운 일이 아니었다. 시험기간에 한 아이가 복도 계단에 나와 공부하다가 반 친구들에게 문제집을 뺏기고 놀림을 당하는 걸 본 적이 있다. 이 학교 80프로인 보통반 학생은 20프로 특별반을 위해 존재하는 듯 보였다.

번지르르한 학교 외관과 달리 실제 학교 안은 충격적이었다. 보통반이 모여 있는 구관은 한마디로 돼지우리였다. 교실 안은 도대체

청소를 언제 했는지 모를 정도로 분필가루와 창틀 먼지가 수북했고 교실 뒤쪽 사물함 주변은 옷가지와 찢어진 책이 어지럽게 굴러다녔다. 화장실은 관리되지 않는 소읍 터미널 화장실처럼 더럽고 냄새가 심했다. 바닥에 엉겨붙은 담뱃재와 가래침을 피해 조심스럽게 발을 내딛어야 했고 쉬는 시간이면 담배연기가 화장실 복도까지 새어나왔다.

1층 학생부실 바로 옆이 인턴교사 대기실이다. 학생부실 복도에는 무릎을 꿇고 벌 받는 애들과 바닥에 엎드려서 반성문을 쓰는 녀석들이 매일 한두 명씩 보였다. 학생부실 안에서 매타작하는 소리가 들려올 때면 독재시대 고문실이 연상됐다. 오늘도 한 녀석이 무슨 잘못을 했는지 엎드려뻗쳐를 하고 학생부교사에게 매질을 당하고 있었다. 아이의 비명과 교사의 고함, 퍽퍽 몽둥이 내리치는 소리에 마음이 불편했다.

"체벌도 애정이 있어야 한다니까요."

동료 인턴 일어가 의미심장한 웃음을 띠며 말했다. 그런 그가 오늘따라 더 얄미웠다. 일어는 B고 출신인데다 작년에 이 학교에서 1년간 기간제로 근무한 이력을 내세우며 제법 잘난 체를 했다. 인물이 말끔하니 잘생겼고 성격도 밝아 여학생들에게 인기가 많았다. 게다가 B고 교사들과의 친밀함도 그가 내세우는 자랑거리 중 하나였다. 그도 그럴 것이 물갈이가 없는 이곳 교사 대부분이 일어의 스승이었다. 밥맛없는 기술하고는 사석에서 반말을 하거나 농담을 주고받을 만큼 친해보였다.

이번 학기에 채용된 인턴은 나와 일어 말고도 사회까지 세 명이었다. 사회는 이제 막 대학을 졸업한 여자애로 언뜻 봐선 학생과 구분이 안 될 만큼 앳돼보였다. 평상시 그녀 목소리는 리코더의 시 음처럼 고음을 냈다. 어쩌다 그녀가 흥분하면 까마귀의 '꽉꽉' 하는 특이한 소리를 내서 아이들에게 구관조라는 별명을 얻었다. 앳되고 키 작고 거기다 여리기까지 한 사회는 짓궂은 B고 남학생들에게 말랑말랑한 밥이었다. 툭하면 두 눈두덩이 벌게져서 교실을 뛰쳐나왔고 교사라는 직업이 자신의 적성에 맞지 않다고 탄식하곤 했다. 인턴마다 일어, 사회, 국어라는 과목이 주어지긴 했으나 주 업무는 정교사들을 보조하는 일이었다. 정교사가 자리를 비운 교실에 들어가 자습을 지도하고 시험지를 채점하고 자잘한 서류를 정리하는 등 말 그대로 업무보조였다. 마침 나는 상담사 자격증이 있어 상담 업무를 맡게 되었다. 지금껏 이 학교에는 전담 상담사 없이 윤리교사가 상담을 겸임해왔다고 했다. 그러다보니 쉬는 시간이나 정규 수업이 끝난 시간에만 상담실이 개방되어 제대로 된 상담이 이루어지지 않았다.

내가 상담 업무를 맡게 되면서 상담실은 항시 개방되었다. 상담실은 학생부실과 떨어진 2층에 있어 매타작소리를 피할 수 있었다. 언제든 개별상담이 가능하고 매주 특별활동시간에는 집단으로 상담을 진행했다. 상담에 익숙하지 않는 아이들은 호기심에 상담실을 기웃거렸고 보통은 수업하기 싫어서라도 자주 찾아왔다. 교복으로 포장된 아이들은 공장에서 찍어낸 제품처럼 획일화되어 보이지만 그 속을 들여다보면 아마존의 정글만큼이나 흥미진진했다. 성격 좋고 털털한 선예도 스스럼없이 상담실을 찾았다. 선예는 상담실에 비치된 진로 관련 서적을 빌려가기도 하고 지나는 길에 고개만 쑥 내밀어 '쌤, 안뇽!' 하고 갔다. 요즘 선예의 가장 큰 고민은 자기 담임인 기술이었다. 기술이 자기가 좋아하는 일어와 붙어 다니는 게 너무 거슬린다고 했다. 상담시간 대부분이 담임 욕하는 거였다.

기술도 가끔 상담실을 찾아왔다. 기술은 자기 반 애들이 상담실에 자주 드나드는 걸 드러내놓고 못마땅해 했다. 애들이 수업하기 싫어서 상담실에 가려고 핑계를 댄다며 투덜거렸다. 내가 애들을 너무 오냐오냐 받아줘서 애들이 버릇없어지고 갈수록 통제하기가 힘들다고도 했다. 에둘러 말하고 있지만 그녀는 불안해보였다. 사실 그녀는 이런 촌구석 학교와 어울리지 않았다. 나는 그녀가 같은 옷을 입고 출근하는 것을 본 적이 없다. 도회적인 그녀는 세련되고 화려했다. 스카프를 곧잘 매고 다녀선지 스타일이 매일매일 달라보였다. 선예는 그런 담임을 날라리 팔색조라고 했다. 일어 앞에서 담임이 끼 부리는 모양을 흉내내어 주변을 빵 터지게도 했다. 엉덩이를 과하게 흔드는 걸음걸이며 억지스런 목소리가 어찌나 똑같은지 나도 웃음이 나와 얼굴을 감싼 채 웃고 말았다.

"하여튼 애들 버릇 나빠지지 않게 조심시켜주세요. 인턴샘이야 여기 잠시 있다 가버리면 그만이지만 남은 뒤처리는 늘 저희 몫이잖아요."

기술은 내가 6개월짜리 시한부 자리에 앉아 있음을 매번 야무지게도 상기시켜주었다. 나도 그녀가 떳떳치 못한 인맥으로 선생질을 하고 있다고 말해주고 싶었다. 그러나 참았다. 그녀 말처럼 나는 몇 달 뒤면 이 자리에서 사라질 존재인 건 분명했기 때문이다.

나흘 전 한밤중에 선예엄마로부터 연락을 받았다. 병원 응급실이라고 했다. 담임에게 연락했지만 전활 받지 않아 선예 폰에 저장된 '상담쌤'을 찾은 거라고 했다. 선예가 면도칼로 손목을 그었다고 했다. 내가 병원에 닿았을 땐 접합수술이 끝났고 선예는 신경안정제를 맞고 잠들어 있었다. 병원 대기실에서 눈이 퉁퉁 부은 선예엄마를 만났다.

"깊게 베이진 않았대요. 다행히 봉합수술도 잘 됐고…."

선예엄마는 구겨진 종이를 한 장을 내게 건넸다. 구깃구깃 접힌 종이를 펼치자 붉은 펜으로 종이 가득 담임 이름이 적혀 있었다. 감정이 격해 찢어진 곳도 몇 군데 보였다.

"집에선 말을 통 안 해요. 나도 가게 나가느라 바쁘고 몸이 피곤해서 둘이 얘기할 시간도 없었고요."

한참 뒤에 회복실에서 선예를 만날 수 있었다. 신경안정제에 취한 선예 눈빛이 흐릿하고 멍했다.

"나 알아보겠니?"

"상담쌤이요."

선예의 왼쪽 팔목에 넓적한 밴드가 붙여져 있었다.

"이만하길 다행이야. 정말 다행…."

저 가느다란 팔목에 칼날을 들이댔을 모습을 떠올리다 더는 말을 잇지 못했다. 나는 선예와 선예엄마를 집까지 태워다주었다. 선예는 읍내 오래된 빌라에서 어머니와 단둘이 살고 있었다. 위로 나이 차이가 나는 오빠가 있지만 직장을 구해 멀리 나가 있다고 했다. 그날 밤 담임인 기술과는 끝내 연락이 닿지 않았다.

이튿날 아침 기술이 나를 불러 자초지종을 듣고도 별 놀라운 기색 없이 알았다고만 했다. 선예는 병가로 처리되어 나흘째 학교에 나오지 않고 있었고 학교는 이렇다 할 소문 한 조각 떠돌지 않고 조용했다. 너무 조용해서 이상할 정도였다. 풀방구리에 쥐 드나들 듯 상담실을 찾던 애들도 그날 이후로 발길을 뚝 끊었다.

선예가 팔목을 그은 이유가 궁금했다. 그 애랑 상담했던 그간 기록을 들춰보았다. 여느 애들과 다를 게 없었다. 병원에서 선예엄마가 보여준 종이가 떠올랐다. 에이포용지에 붉은 펜으로 온통 기술 이름을 갈겨쓴 그 종이는 구겨져 있었지만 누가 봐도 기술한테 보내는 메시지였다. 선예는 기술을 벌레 보듯 끔찍이 싫어했다. 학생이 교사를 싫어하는 건 흔히 있는 일이지만 선예가 기술을 싫어하는 정도는 그 농도가 짙었다. 일어를 드러내놓고 좋아하면서 기술과 일어가 자주 붙어 다니는 걸 눈꼴시어했다. 선예는 어쩌면 담임에게 여자 대 여자로의 라이벌 의식을 가졌을지도 모른다. 여자인 내가 봐도 기술은 눈부시게 화려했다. 기술은 어떤 옷을 입어도 빛나는 몸매에다 그녀가 걸치는 옷과 장식품은 한눈에 봐도 값비싼 것들이었다. 교사 월급으로 치장하기엔 과해보여서 그녀 집안이 궁금했다. 그녀 시댁이 이 지역에서 이름만 대면 다 아는 사업체를 운영하고 남편이 법조인이라는 말이 돌았다. 기술은 이런 후미진 변두리 학교에 있기에는 지나치게 화려한 꽃이었다.

약속한 시각에 선예엄마가 상담실로 들어왔다. 한 손에 비타민 음료 한 박스를 들고 왔다. 나흘 전 한밤중에 병원에서 만난 뒤라 은근 반가웠다. 선예엄마는 길고 푸석한 머리를 정수리까지 돌돌 말아 상투처럼 틀어올리고 금속으로 된 장신구로 고정했다. 앤틱한 장신구는 오래 전 유행하던 스타일이어서 아직 사십대인 그녀가 훨씬 더 나이가 들어보였다. 가장 편안한 의자를 권해 그녀를 앉게 했다. 마음고생이 심해선지 작고 야윈 몸피가 안쓰럽게 느껴졌다. 화장기 없는 얼굴엔 눈썹문신이 도드라지고 입술은 바싹 타들어 가장자리가 부르텄다.

"담임선생님은 출장이라고…."

기술이 거짓말을 했다는 건 알고 있었다. 그녀는 선예엄마를 만나고 싶지 않은 거였다. 선예엄마는 선예를 전학시키고 싶다고 했다. 그 또한 기술에게 들어 알고 있었다. 선예가 불안한 상태여서 정신과 상담을 권했다. 상담에 필요한 비용은 학교나 교육청으로부터 지원받을 수 있게 힘써보겠다고 말해줬다. 내 말을 듣기만 하던 선예엄마가 입을 열었다.

"선예가 사귀는 남자가 있었어요."

"어머, 정말요?"

"밤 늦게 다니고…, 집에 안 들어온 적도 있거든요."

선예엄마는 한참을 머뭇거리다가 어렵게 말을 꺼냈다.

"아무래도, 애를 밴 거 같아요."

"네에? 상대가 누구예요?"

"얘가 토옹 말을 안 해요. 자꾸 물으면 죽어버린다고 저러고…."

선예엄마는 부르튼 입술을 윗니로 잘근잘근 누르며 겨우겨우 눈물을 참아냈다. 나는 내일 당장 선예를 다시 만나보겠다고 했다. 선예엄마가 다녀간 뒤로도 기술은 줄곧 조용했다. 선예 일로 급히 의논할 게 있다고 거듭 문자를 남겼지만 묵묵부답이었다.

그 다음날부터 선예 전화기는 꺼져 있고 선예엄마도 전화를 받지 않았다. 사흘째 되도록 아무런 연락이 없자 섬뜩한 불안감에 휩싸였다. 결국 나는 퇴근하는 길에 선예가 사는 빌라를 찾아갔다. 선예가 손목을 긋던 날 밤에 모녀를 태워다줬던 빌라 입구에서 무작정 기다렸다. 두어 시간이 지나고 어둠이 깔리도록 아무런 연락은 없었다. 점심을 건너뛴 터라 몹시 허기가 졌다. 허기는 소읍 상가골목에 깔린 어둠과 버무려져 사람을 참 처량하게 만들었다. 간단하게 저녁을 먹으려고 주변 식당을 찾았다. 큰길 양쪽으로 일 킬로미터 정도 늘어선 상가골목이 소읍의 중심지였다. 멕시카나, 삼천리자전거, 미스터피자, 제비표페인트 이런 익숙한 상호가 드문드문 보이긴 해도 상가 거리는 8,90년대 영화 속 배경처럼 낡고 어두웠다. 셔터가 내려진 상가 앞에다 차를 세우고 혼자서 요기할 만한 식당을 찾아보기로 했다. 배가 고파서 이것저것 가릴 것 없이 어디든 들어갈 참이었다.

그런데 막상 차에서 내리니 혼자 식당에 들어갈 용기가 사라져버렸다. 김치찌개나 동태찌개가 나붙은 식당은 일찌감치 술판이 벌어져 출입문 밖까지 왁자했다. 불빛 요란하게 번쩍이는 제일갈빗집 입간판이 저만치 보였다. 갈빗집 입구에는 소읍에선 보기 드문 풍선인형이 음악에 맞춰 요란스레 춤추며 손님들 눈길을 끌었다. 제일갈비는 이 동네에서는 가장 큰 규모에다 맛집으로 소문이 나서 사람들이 많이 찾았다. 인근 도심에서 일부러 차를 타고 찾아오는 손님도 꽤 많다고 들었다. 제일갈빗집을 지나치면서 유리창 너머 가게 안을 흘끔거렸다. 재우엄마가 여기서 일한다는 녀석들 말이 떠올랐다. 언뜻 봐도 테이블이 꽉 차 빈자리는 안 보였고 소주병이 그려진 빨강 앞치마를 두른 아주머니 서넛이 분주히 테이블 사이로 움직이고 있었다. 어쩌면 녀석들이 장난으로 던진 말인지도 모른다.

제일갈빗집에서 한 골목 떨어진 곳에 김밥천국이 보였다. 간판 불빛이 희미해서 한눈에 띄지 않았으나 아직 가게 문이 열려 있었다. 나는 한 치 망설임 없이 가게 안으로 들어갔다. 창가 쪽에 자리를 잡고 떡라면과 김밥 한 줄을 주문했다. 머리가 벗겨지고 넙데데한 얼굴에 키가 작은 오십 중반 남자가 물병과 물수건을 가져다주고는 주방에다 외쳤다. 떡 하나, 김 하나! 그때 주방에서 정수리까지 야무지게 틀어올린 머리가 쑥 나오더니 탁자 위 주문서를 확인하고 다시 안으로 들어갔다. 순간 돌돌 말아올린 머리에 꽂힌 금속 장신구가 낯이 익었다. 주방은 음식 나오는 입구만 사십 센티 정도로 트여 있고 위아래는 나무칸막이로 막아놓아 안이 보이지 않았다. 나는 신경을 곤

두세우고 아까 그 상투머리가 다시 나오기만을 기다리며 주방 쪽을 응시했다.

그때 주방에서 김밥접시를 든 손이 쑥하고 나왔다. 남자가 김밥접시를 테이블에 옮겨놓는 사이 라면그릇이 다시 쑥 나왔다. 주방은 쥐 죽은 듯 조용했다. 김밥과 라면을 앞에 놓은 채 선예엄마에게 전화를 걸어봤다. 이제는 선예엄마 전화기도 꺼져버렸다. 내가 앉은 자리에서 제일갈빗집이 잘 보였다. 갈빗집 입구에 세워놓은 풍선인형은 지칠 줄 모르고 아주 신이 나서 춤을 춰댔다. 지나는 사람들이 춤추는 풍선인형을 가리키며 웃어댔다. 오색의 팔과 가늘고 긴 형광색 몸통이 바람을 타고 요란스레 꺾이며 부지런히도 움직였다. 우스꽝스런 표정으로 속이 텅 비어 바람과 사람들 시선에 희롱당하는 풍선인형이 슬퍼보였다. 계산을 치르고 그곳을 나올 때까지 주방 안은 정적이 감돌았다. 김밥천국을 나와 제일갈빗집을 지나 차가 있는 곳까지 걸어오는 동안 상가 불빛이 반은 줄어 있었다. 거리는 기분 나쁘게 음산했다. 아직 초저녁인데도 거리는 술에 취해 비척대는 남자들과 삼삼오오 몰려다니는 외국인이 점령한 듯했다. 동남아 어느 후미진 뒷골목을 다니는 기분마저 들었다.

다음날 학교에 도착해서 선예 담임부터 찾았다. 선예의 임신 사실을 담임도 알아야 했다. 담임은 인근 중학교에 진학설명회 차 출장이라서 하루 종일 만나기 힘들다고 했다. 저녁에라도 잠깐 봤으면 한다고 문자를 남겼으나 답이 오지 않았다. 정말 끝까지 답이 없는 여자였다. 선예와 선예엄마도 마찬가지였다. 답을 주지 않는 것은 생각이 필요하다는 것일지도 모른다. 좀 더 기다려보기로 했다. 어제 먹은 김밥이 잘못 되었는지 밤새 속이 부글거렸고 아침부터 설사가 났다. 물만 먹어도 내렸다. 견디다 못해 보건실에 찾아갔다. 김밥은 상하기 쉬워 조심해야 한다며 보건실장이 지사제 두 알을 건넸다. 종이컵에 물을 따라 건네며 보건실장이 한마디 얹었다.

"많이 힘들죠?"

보건실장은 오십 중반이고 편안한 인상이었다. 살아온 내력이 얼굴에 그대로 그려진다는 말을 나는 믿었다. 내 삶이 얼굴에 그려질 시기가 아직은 아닌 것 같은데 그녀는 나를 볼 때마다 힘들죠? 하고 말했다. 그럴 때마다 내 얼굴 어딘가에 주름이 하나씩 새겨지는 느낌이 들었다.

"제가 그렇게 보이세요?"

"천 길 사람 속을 허우적거리는 일만큼 고단한 일이 또 있겠어요?"

알약을 입에 넣고 물을 받아 들이켰다. 쓴맛이 혓바닥에 남아서 물을 더 받아 마셨다.

"2반 선예라는 애는 여전히 말썽이죠?"

"선예를 아세요?"

"걔, 보건실 단골이잖아요. 걸핏하면 자해하는 무서운 애죠."

"걸핏하면?"

"네, 자주 팔목을 긋잖아요. 그것도 죽지 않을 만큼만."

나는 믿기지 않은 표정으로 보건실장을 쳐다봤다. 그런 내 표정이 우스웠는지 그녀는 눈을 치뜨며 의미심장하게 웃었다. 약을 먹었는데 또다시 배가 뒤틀렸다. 일찍 퇴근하고 싶었지만 기술 대신 남아서 한 시간 야간자습을 시켜야 했다. 하루 종일 내리 굶은 터라 기운이 없고 두 다리가 후들거렸다. 야간자습에 남은 애들은 열 명 남짓이었다. 담임이 없는 날은 애들이 온갖 구실을 대고 빠져나가버리고 간덩이 작은 녀석들만 남았다. 남은 녀석들도 자습시간 내내 화장실을 들락거리느라 진득이 앉아 있질 않았다. 엎드려 자는 놈, 이어폰을 꼽고 게임을 하거나 영상을 보는 놈, 둘이서 치고 박고 장난치는 놈…, 한마디로 개판이었다. 나는 책을 펼쳤지만 흐릿한 교실 조명에 눈이 피곤했다. 책만 펼쳐놓고 생각에 잠겼다. 선예와 선예엄마, 그리고 기술이 차례로 떠오르고 그들의 표정이 수시로 바뀌었다. 자습시간 50분이 지나고 수업 종료 벨소리가 울렸다. 벨소리와 함께 애들은 나보다 먼저 교실을 빠져나가버렸다.

가방을 챙겨서 학교를 나왔다. 어둑한 교정을 빠져나오는데 밤바람이 싸늘하고 오싹한 기분마저 들었다. 아직 보충수업이 끝나지 않은 특별반 불빛이 창문을 뚫고 교정 화단으로 쏟아졌다. 화단 오래된 나무는 가지마다 이파리를 푸짐하게 매달고서 당당하게 서 있었다. 교문 앞 주차장에는 차들이 다 빠져나가고 서너 대만 남아 있었다. 내 차를 세워둔 곳으로 걸어가는데 기술의 빨간 벤츠가 아직 주차장에 그대로 있었다. 하필 내 경차가 기술의 벤츠 옆에 바싹 붙어 있었다. 조심스럽게 차문을 열고 운적석에 앉아 휴대전화를 확인했다. 새로운 메시지는 없었다. 셋이 작당하고 나를 따돌린다는 생각마저 들었다. 다시 선예와 선예엄마에게 번갈아 전화를 걸어봤다. 역시나 받지 않았다. 차 시동을 막 걸려는데 자동차 불빛이 주차장으로 들어왔다. 언뜻 봐도 차체가 높은 게 일어의 밴이었다. 나는 시동을 걸지 않고 가만히 기다렸다. 아니나 다를까 불빛은 기술 차 앞에서 멈췄다. 기술이 일어 차에서 쑥 빠져나오더니 자기 차로 옮겨 탔다. 미등에 언뜻 비친 그녀 얼굴이 취한 듯 불긋했다. 기술이 자기 차에 올라타더니 둘은 사이좋게 주차장을 빠져나갔다.

그들이 나가고 한참 뒤에야 나도 주차장을 나왔다. 나는 집에 곧장 가지 않고 선예네 집 쪽으로 향했다. 낡고 오래된 빌라 입구는 여전히 절간처럼 고요했다. 3층짜리 빌라에 불 켜진 집은 단 한 집이었다. 그러고 보니 나는 선예가 몇 층 몇 호에 사는지도 모른다. 아니, 그들이 진짜 저 안에 살고 있을까 하는 의심마저 들었다. '선예보다 걔네 엄마가 더 문제예요. 그 여자가 담임 머리끄덩이를 움켜쥐고 흔드는 걸 봤다면 두 번 다신 상종하기도 싫을 걸요. 악만 남은 독종이에요.' 낮에 보건실장이 귓속말로 넣어준 말들이 떠올랐다. '선예야, 별일 없는 거지?' 이렇게 문자를 썼다가 지워버렸다. 밑도 끝도 없이 화가 치미는 것을 다독이며 천천히 차를 몰았다.

'지금 바로 교장실로 오세요.'

다음날 일찍 기술에게 문자를 받았다. 미로 같은 복도를 걸어 여전히 더러운 음수대를 지나 계단을 따라 내려갔다. 이번에도 예외 없이 반지하까지 내려와버렸다. 도서관 출입문 위쪽으로 난 투명 유리를 통해 도서관 안을 들여다봤다. 아이들 몇이 책을 고르고 컴퓨터 앞에 앉아 있는 게 보였다. 거기에 재우도 보였다. 나도 모르게 코웃음이 나왔다. 다시 계단을 걸어 올라와 교장실 문 앞에 섰다. 똑똑똑, 문을 두드리고 3초 정도 기다렸다가 문을 열고 들어갔다. 기술이 거기 있을 거라는 내 예상은 빗나갔다. 교장은 안쪽 깊숙한 자리에 그림자처럼 앉아 있었다.

"이리로…."

교장이 손짓을 했다. 고급 탁자와 소가죽 소파를 지나 교장이 앉은 안쪽까지 들어갔다.

"자네가 상담실 인턴으로 있나?"

"네, 그렇습니다."

"얼마나 됐지?"

"이제 보름 남았습니다."

교장이 눈을 살근히 떠 나를 위아래로 훑었다. 그의 앞에 내 이력서와 등본과 경력증명서 같은 서류가 펼쳐져 있었다.

"숱하게 자네 같은 친구들이 도전을 하네만, 요즘 젊은이들은 뭘 잘 모르는 것 같아. 실력이야 거기서 거기고 중요한 건 됨됨이지. 나한테 자주 인사를 하고 얼굴을 보이고 그래야 내가 기억을 하지 않겠나? 내가 하는 말뜻을 알겠지?"

"네에…."

그가 무슨 말을 하는지 모르면서 엉겁결에 대답이 튀어나왔다.

"그래, 그만 나가보게."

꾸벅 인사하고 걸어나오는데 출입구 구석에 세워진 황금 골프 가방이 보였다. 골프 가방은 내내 저 자리에 세워져 있으면서 갓 닦은 구두코마냥 먼지 한 톨 없이 반질거렸다. 교장실에서 나와서는 순간 나는 길을 잃었다. 어느 쪽으로 가야 하지? 위였나? 아니, 어디였지? 그렇게 두리번거리고 있었다. 그때 누군가 내 어깨를 툭 쳤다. 보건 실장이었다.

"그거 하시게요?"

"뭘요?"

"그 방에서 다 들었을 것 아녜요?"

도무지 그녀가 무슨 말을 하는지 이해할 수가 없었다.

"이번엔 한 장에다 반을 더 얹어야 한다죠?"

"무슨 말인지?"

"발전기금이요. 이 학교 정교사가 될 수 있는 절호의 기회잖아요."

그제야 교장이 나를 부른 이유를 알 것 같았다.

"참, 선예 걔 전학한다면서요?"

"네? 저하곤 아직 연락이…."

"벌써 결정이 났을 걸요. 고거 이젠 어디 가서 또 사고를 칠런지."

"사고라뇨?"

"고게 지 담임을 협박하고 자해까지 했잖아요."

"협박을요?"

"걔 상습범인 거 몰랐어요? 이번엔 인턴샘까지 불륜으로 엮어서 협박했나봐요. 고거 참 발칙하단 말예요. 어린 게 혼자 그 짓을 벌인

건 아닐 거예요."

눈이 똥그래서 바라보는 나를 향해 그녀는 고개를 가로저으며 실소를 내놓았다.

"어머, 진짜 아무것도 모르시나봐? 줄곧 걔를 상담하면서 눈칠 못 챘어요?"

그녀가 내 무능을 탓하는 게 분명했다.

"이번이 몇 번짼지 몰라요. 선예 담임이 스트레스 받아서 병가 낼 거래요."

보건실에만 있는 그녀가 어떻게 학교 돌아가는 속내를 그리도 속속들이 잘 알고 있는지도 놀라웠다. 선예에 대해 더 물어보려다 말았다. 상담실로 걸어오는 동안 혼란스런 감정에 속이 안 좋았고 2층으로 오르는 계단에서는 살짝 현기증이 일었다. 상담실에 들어와서도 쉬이 진정이 되지 않았다. 운동장 쪽으로 난 창문을 열었다. 아이들이 급식소를 향해 우르르 뛰어가는 게 보였다. 그들 속에 기술과 일어도 보였다. 병가를 낼 거라던 기술은 뭐가 즐거운지 해맑게 웃음꽃을 피워대며 일어와 나란히 운동장을 가로질러 걸어가고 있었다. 그녀의 시폰원피스가 건들바람에 가벼이 팔랑거렸다.

상담실을 다시 닫는다는 결정이 내려졌다. 시 음을 내는 사회가 거액의 발전기금을 내고 정교사 자리를 얻었다. 그녀 아버지가 이 지역 유지라는 소문은 익히 들어서 알고 있었다. 사회는 거액의 발전기금에 대한 손익분기점을 계산기로 두드리며 아직 이십대 초반인 그녀

로서는 시도해볼 만한 투자라며 시 음보다 한 옥타브나 높은 음으로 떠들어댔다. 구관조라는 놀림에 툭하면 얼굴을 감싸고 교실을 뛰쳐나오던 그녀를 떠올리며 조용히 웃어줬다. 일어는 내년부터 운영되는 이 학교 기숙사 사감 자리를 얻어낸 걸로 만족스러워했다. 나는, 또다시 앞이 안 보이는 폐광 속에 갇혀서 어디선가 한 줄기 빛이 내려지길 기약 없이 기다려야 했다.

시화전은 여전히 진행 중이었다. 버들길 등나무에 시화만 휑댕그렁하게 걸려 있었다. 나는 소지품을 담은 종이가방을 안고 버들길을 걸어내려오다 재우의 시화 앞에 멈춰 섰다.

'소풍날이면 생각난다/ 머리카락 붙은 김밥 한 줄/ 엄마의 마음 한 가닥 같은/ 다시는 맛볼 수 없어/ 소풍날이면 눈물이 난다'

저 시를 처음 보고 가슴 찡했던 그때가 새삼스레 떠올랐다. 이어 내 귓가에 대고 시발년이라고 불어넣던 녀석의 비릿한 입김도 함께 떠올라 머리를 흔들었다. 다시 발길을 돌려 타박거리며 버들길을 내려와 교문 앞 주차장까지 왔다. 하필 오늘도 기술의 벤츠 바로 옆에 내 차가 세워져있다. 빨강 벤츠에 내 차문이 닿을까 조심스럽게 열고 차에 탔다. 막상 운전석에 앉았지만 이제 어디로 가야 할지 막막했다. 요즘 들어 자주 멍해지곤 했다. 그때마다 머리를 세게 흔들어야 했다. 정신을 가다듬고 차 시동을 걸었다. 그때 멀대같은 녀석 하나가 소리를 지르며 운동장을 가로질러 뛰어오고 있었다. 재우였다.

"선생님, 잠깐만요."

녀석은 내 차를 가로막고 서서 숨을 가쁘게 내쉬었다. 나는 차창을 내리고 녀석을 쏘아보았다.

"무슨 일인데?"

"그땐 정말 죄송했어요."

"뭐가?"

"샘한테 욕한 거요."

나는 여전히 싸늘하게 녀석을 바라봤다.

"죄송해요. 그땐 애들이 시켜서 그랬어요. 저희 엄마는 정말 돌아가셨어요. 거짓말친 거 아니에요. 제일갈빗집서 일하는 엄마는 베트남 새엄마예요."

"그래서? 그게 어쨌다는 건데?"

"정말 죄송합니다."

"이번에도 걔들이 시키던?"

"아니에요. 이번엔 진짜예요."

"됐다. 가봐라."

재우는 잠시 머뭇머뭇하다가 긴 상체를 몇 번이고 꾸벅이고는 교문 안으로 뛰어갔다. 키만 크고 삐쩍 마른 녀석이 제일갈빗집 앞 풍선인형처럼 흔들거리며 뛰었다. 녀석은 뛰다가 다시 멈춰서 몸을 돌려 내 쪽을 향해 양팔을 흔들었다. 나는 모른 척 앉아 있었다. 이윽고 차를 몰아 B고를 빠져나왔다. 가을걷이가 끝난 들판에 바람이 일렁이고 있었다. 바람을 따라 끝까지 달려가보기로 했다. 길가 제멋대로 흐드러진 수크령이 어지럽게 춤을 췄다. 내가 탄 경차도 흙먼지를 일으키며 흔들흔들 달렸다.

멤브레인 필터

멤브레인 필터

탁! 손바닥으로 겉뚜껑을 내리쳤다. 너무 세게 쳤을까. 거실 소파에 앉았던 여자가 눈을 똥그랗게 뜨고 이쪽을 바라봤다. 나는 여자를 향해 싱긋 웃어줬다. 여자가 머쓱하게 내 웃음에 답했다. 남색 롱 스판원피스를 입은 여자는 가죽 소파에 다리를 꼬고 앉아 잡지를 펼쳐 들었다. 여자는 송 대신 내가 온 게 영 마뜩잖은 눈치였다. 현관문을 열어주면서 '어머, 또 바뀐 거예요?' 하고 짜증 섞인 투로 나를 맞았다.

"아, 아니에요. 송 매니저가 상반기 우수사원으로 뽑혀서 총국 시상식에 갔거든요. 이번 달만 제가 송 매니저 대신 왔답니다."

나는 일부러 호들갑을 떨며 현관을 들어섰다. 고객의 기분이 상하면 해피콜 평점이 바닥이라 항상 눈치를 봐야 했다.

가정용 냉온정수기는 밀폐력이 강해서 겉뚜껑 여는 일이 늘 곤혹스러웠다. 간신히 겉뚜껑을 열어 싱크대 위에 걸쳐놓고 속뚜껑을 열었다. 속뚜껑은 겉뚜껑에 비하면 쉽게 열렸다. 속뚜껑을 반쯤 들어 올렸을 때였다. 물탱크 안에 해파리 같은 게 떠다니는 게 보였다. 한눈에 부직포라는 걸 알아챘다. 나는 반사적으로 소파에 앉은 여자부터 살폈다. 다행히 여자는 잡지에 눈을 두고 있었다. 재빨리 물탱크 안에 손을 집어넣어 부직포를 건져냈다. 물탱크에 오래 담겨 있던 부직포는 물미역처럼 흐물흐물했다.

"저기요! 마실 물 좀 받아줄래요?"

언제 왔는지 여자가 내 등 뒤에 서 있었다. 나는 물탱크 안에서 건져낸 부직포를 꽉 움켜쥐고는 '아, 드실 무… 물요. 어디다 받아드릴까요?' 더듬거렸다. 여자가 기다란 유리병을 척 내밀었다. 다행히 여자는 내가 물탱크 안에서 부직포를 건져내는 걸 보지 못한 듯했다. 물병에 물을 가득 채워 여자에게 건네자 받아서 냉장고 안에 넣었다. 한쪽 손에 움켜쥔 부직포가 불안하게 미끄덩거렸다. 정수기 냉온 코크에 배수 호스를 꼽고 물을 빼내면서 정수기 측면에 붙은 관리카드를 살펴보았다. 오늘은 필터 교환이 없는 단순점검이었다. 두 달 전에 송이 멤브레인 필터를 교환했다고 적혀 있었다. 물탱크를 완전히 비운 다음 깨끗한 부직포로 물탱크 안을 닦았다. 하얀 부직포에 누렇게 물때가 묻어났다. 여자에게 부직포를 보여주면 당장 정수기를 가져가라고 난리칠 일이었다. 여자가 볼 새라 싱크대 쪽으로 몸을 돌려 부직포를 비벼 빨았다. 물탱크 안을 빡빡 닦아내고 수돗물을 받아서 거푸 헹궈냈다. 전원 스위치를 켜서 정상적으로 정수가 되는지 확인하고 속뚜껑과 겉뚜껑을 차례로 닫았다. 정수기 외관은 말끔해서 마른 부직포로 물기만 제거해주고 코크 안을 면봉으로 닦아 마무리했다.

"두 시간 후에 물이 가득 찰 거예요. 물이 차면 한번은 빼서 버리고 그 다음부터 드세요. 송 매니저에게 설명 들으셔서 잘 아시죠?"

관리카드에 점검내역을 적으면서 주의사항을 알려주었다.

"어? 오늘 필터는 안 갈아요? 지난 번에도 청소만 하고 갔는데?"

다시 관리카드를 확인해보았다. 두 달 전에 분명 멤브레인 필터를 교체한 걸로 적혀 있었다. 역시나 송이 필터를 누락시킨 게 분명했다.

"아, 필터는 다음 점검 때 송 매니저가 교환해드릴 거예요."

그렇게 둘러댈 수밖에. 내가 점검가방을 챙기는 동안 여자는 냉장고에서 물병을 꺼내 매실 냉차를 타서 내 앞에 내밀었다. 커다란 유리잔 가득 냉차가 담겼다. 유리잔을 받아들긴 했지만 물탱크 안에 떠 있던 부직포와 누런 물때가 어른거려 내키지가 않았다. 여자는 내 앞에 버티고 서서 잔이 비워지길 기다렸다. 나는 숨을 고른 다음 냉차를 단숨에 들이켰다. 여자에게 빈 잔을 건네고 허겁지겁 그 집을 나와 아파트 화단 구석에 엎드려 토했다. 하지만 헛구역질만 해댈 뿐이었다.

시계를 보니 점심 때가 지났다. 지금쯤 송은 시상식을 마쳤을 것이다. 송은 총국 시상식에 입을 드레스를 고르면서 결혼식을 앞둔 신부처럼 들떠 있었다. 입사 6개월 만에 우수사원으로 뽑힌 경우는 우리 지국에서 송이 처음이라고 했다. 게다가 송은 다음 달 사보 표지 모델로도 뽑혀 엊그제 본사기자가 내려와서 취재를 해갔다. 지국장도 송과 다정히 사진을 찍고 인터뷰를 했다. 지국장은 송이 우리 지국의 보물이라고 치켜세웠다. 송이 오더를 하나씩 물어올 때마다 지국장은 양손을 활짝 펼쳤고 '우리 쏭, 이쁜 쏭' 노랠 불렀다. 그러면서 자동적으로 송과 입사동기인 나를 흘겨봤다. 지국장은 사무실 복도 한쪽 벽면 전체에 실적판을 붙여놓고 각자의 영업실적을 관리했다. 개인별 실적이 한눈에 보이게 그래프를 그려놓았다. 칸마다 이름을 적고 그 위에 단추를 붙였다. 청색단추는 신규 계약 건이고 빨간색단추는 해약 건이었다. 송의 이름 위로 청색단추가 하늘 높은 줄 모르고 올라갔다. 단추를 더 붙일 칸이 없자 바로 옆 내 칸에다 붙이고는 매직으로 '쏭'이라고 표시했다. 송이 스포트라이트를 받는 동안 영업실적이 늘 꼴찌인 나는, 말 그대로 '청소 매니저'로 자리를 굳혀갔다. 가뜩이나 잘 나가는 송은 노른자위 구역만 배정받아 영업실적은 날개 돋친 듯 높아갔다.

어느 날 남편이 쓰러지자 눈앞이 캄캄해졌다. 잔고 딸막딸막한 통장을 들고 은행을 나오다가 상가 건물 담벼락에 붙은 '정수기 매니저 모집' 전단지에 눈이 꽂혔다. '월 300만원 보장'이라는 문구에 앞뒤 잴 새 없이 전화번호를 눌렀다. 남편 병원비와 두 아이 학비, 거기다 아파트 대출이자까지 그동안 남편이 짊어졌던 가장의 무게가 고스란히 내 어깨에 얹혀졌다. 전단지에 적힌 주소를 보고 사무실을 찾아갔다. 사무실은 시내 중심가에 있는 12층짜리 빌딩 안에 있었다. 평소 차를 타고 다니다가 자주 지나쳤던 건물이었다. 빌딩 외벽에 경쟁적으로 내걸린 학원과 병원 간판들이 도드라져서 2층에 붙은 정수기사무실 간판을 미처 보질 못했다. 2층이라서 걸어서 올라가는 게 빨랐다. 사무실은 50평 정도 돼보였다. 가장 안쪽에 지국장 자리가 있고 그 앞으로 테이블 두 개가 양쪽으로 놓였는데 테이블 위에 팀장 명패가 나란히 놓였다. 나머지 공간은 학원처럼 테이블과 의자가 30여 개 가지런히 놓여 있고 정면에 커다란 화이트보드가 걸려 있었다.

"어머, 저랑 동갑이네요."

즉석에서 적은 내 이력서를 받아든 지국장이 반갑게 말을 건넸다. 나랑 동갑이라는 말에 다시금 그녀를 천천히 훑었다. 쇼트커트에 세련된 메이크업, 블랙 새미 정장의 그녀는 잡지에서 툭 튀어나온 커리어우먼이었다. 아담하면서도 관리 잘된 몸매와 당당하고 여유 있는 몸짓과 표정에서 생기와 자신감이 넘쳤다. 그런 그녀 앞에 부스스한 머리를 고무줄로 질끈 묶고 늘어난 티셔츠에 쫄바지 차림의 나는 초라함 그 자체였다. 그녀와 내가 동갑이라는 말이 차마 무색할 정도였다.

"쭉 전업주부였고요. 동생이 시내에서 작은 빵집을 하는데 바쁠 때만 가서 잠깐씩 도와주고 있어요."

"아무 걱정 말아요. 여긴 경력 같은 건 필요 없어요. 성실하고 열정만 있으면 이 일은 누구나 할 수 있어요."

지국장은 내가 많이 위축된 걸 눈치채고 따뜻한 차를 권하며 안심시켰다. 매니저가 하는 일이 매월 고객 집을 방문해서 정수기를 비롯한 자사제품을 점검하고 점검수당을 받는다며 조곤조곤 설명을 했다. 말투가 어찌나 사각거리는지 나도 모르게 빨려들고 있었다. 손끝 야물고 깔밋하다는 소리를 들어와서 제품관리라면 누구보다 자신이 있었다. 월 300이 꼬박꼬박 내 손에 쥐어지는 상상으로 가슴이 뛰었다.

그런데 한 달간 기술교육을 마치고 지국에 배치되었을 때 지국장은 말을 싹 바꿨다. 제품점검은 뒷전이고 영업이 먼저였다. 정수기

건 비데건 공기청정기건 닥치는 대로 많이 팔아야 했다. 영업실적이 좋아야만 노른자위 구역을 받을 수 있고 점검수당 프로테이지도 높게 받을 수 있었다. 처음 한두 달은 내가 아는 모든 인맥에 사정해서 기본실적을 채웠지만 그 뒤로는 더는 비빌 데가 없었다. 지국장은 영업실적에만 혈안이 되어 밤낮으로 매니저들을 들볶았다. 영업에 환장한 사람 같았다. 한 달에 한두 번을 '오더데이'라고 정해놓고 그날은 이유 불문하고 영업 한 건씩을 올려야만 했다. 오더데이에 청색단추를 붙이지 못하면 그날은 점검을 나갈 수 없게 막았다. 제품점검 한 건당 7천 원 안팎의 수당을 받는데 그마저 영업의 미끼로 삼았다. 나는 영업 스트레스로 속이 타들어가는데 송은 어디서 그 많은 오더를 물어오는지 매일매일 청색단추가 올라갔다.

"언니, 난 영업은 자신 없어. 여기가 영업하는 덴 줄 알았으면 첨부터 지원 안 했을 거야."

기술교육을 받으러 다니면서 송을 알게 되었다. 서른 중반의 송은 초등생 딸 둘을 둔 엄마라는 게 믿기지 않을 만큼 젊었고 눈에 띄게 예뻤다. 기술교육을 받는 동안 젊은 남자 강사가 송에게 유난히 친절했고 실습 기회도 많이 줬다.

"너무 걱정 마. 영업수당 포기하고 점검수당만 받으면 되잖아."

나는 그렇게 송을 위로했다. 그런 나를 비웃기라도 하듯 송은 출근 일주일 만에 청색단추를 무려 열한 개나 올려놨다. 나는 심한 배신감을 느꼈다. 하지만 그것은 시작에 불과했다. 송은 어디선가 청색단추를 자꾸자꾸 물어왔다. 송의 청색단추가 올라갈수록 지국장의 눈총은 송과 입사동기인 나에게 향했다. 송은 모두의 부러움을 한몸에 받으며 영업이 잘 되는 신축 아파트단지와 고급 아파트단지만 골라서 배정받았다. 송이 연일 실적을 갱신하며 잘 나가자 주변의 시기와 질투가 뒤따랐다. '송 저거 스폰 있어. 빵빵한 물주 하나 물었나봐.', '쟤 밤엔 주점 나가고 2차도 뛴다더라.' 매니저들 사이에 이런 낯부끄러운 말들이 돌았다. 송이 정말 엄청난 스폰서를 잡았는지, 또 밤마다 주점에서 2차 3차를 뛰는지 나는 별 관심이 없었다. 문제는 그녀가 영업을 핑계로 제품점검을 소홀히 한다는 것이었다. 아무렇지 않게 고객과 약속을 펑크내는가 하면 시간이 걸리는 필터 교환을 수시로 누락했다. 정수기는 필터가 생명이라고 교육을 받았다. 특히 멤브레인 필터는 머리카락 굵기의 백만분의 일 정도의 거름망이 중금속과 바이러스 같은 오염물질을 제거하는 핵심 필터여서 교환주기를 반드시 지켜야 했다.

송의 구역에선 자주 고객 클레임이 걸렸고 그때마다 지국장은 나를 해결사로 보냈다. 지국장은 듣기 좋은 말로 '꼼꼼한 미진 씨 말곤 달리 보낼 사람이 없다'며 내 등을 떠밀지만 그게 다 내가 영업을 못한 대가라는 걸 잘 알아 군소리 않고 달려갔다. 어찌된 게 가는 곳마다 불만들이 넘쳤다. '어떻게 정수기 청소를 10분도 안 하고 마쳐요? 비데는 한번 쳐다만 보고 가버린다니까. 제품관리를 이렇게 해도 돼요?' 하고 불평하는가 하면, '그냥 떼가세요. 기분 나빠서 더는 못 쓰겠어요' 막무가내 화풀이했다. 지국장은 이런 사실을 다 알면서도 송을 감쌌다. 송이 영업을 잘할수록 클레임은 늘었고 그녀의 뒤처리는 항상 나였다. 오늘도 시상식에 간 송 대신 오전에 그녀의 구역을 점검하느라 바빴다.

편의점 테이블에 김밥 한 줄과 컵라면을 앞에 놓고 PDA 단말기로 오후에 잡아놓은 점검내용을 확인했다. 오후부터는 내 구역인 임대아파트에 점검약속을 잡아놨다. 임대아파트는 맞벌이 부부가 많아 늦은 시각까지도 방문이 가능했다. 대충 점심을 때우고 임대아파트 주차장에 도착했을 때 전화가 왔다. 송과 시상식에 같이 간 지국장이었다.

"미진 씨, 지금 바빠요? 급한 점검이 떠서 먼저 해결해줘야겠는데? 주소랑 점검내용은 문자로 넣어줄게요."

"저 지금 제 구역 점검하러 왔어요. 그 근처 다른 매니저한테 부탁해보세요."

"안돼요! 자기가 가요. 클레임 건이라 급해요. 브이아이피인데, 당장 안 오면 비데, 연수기, 공기청정기까지 다 해약할 거라고 협박질이라고."

지국장이 문자로 보낸 고객정보를 보니 아니나 다를까 송이 맡은 노블캐슬이었다. 이온수기 필터 교환과 연수기 재생이 이번 달 점검내역이었다. 그곳에 이동하는 시간까지 포함해서 한 시간 반은 잡아야 했다. 2시에 방문하기로 했던 내 고객에게 전화해서 양해를 구하고 송의 클레임 건을 해결하러 차를 돌렸다. 이런 일이 처음이 아니라서 이젠 화도 나지 않았다.

그렇게 노블캐슬에 도착했다. 사오십 평대 고급 아파트단지로 송이 심심찮게 오더를 물어오던 곳이었다. 송은 자신의 화려한 말빨에 부잣집 사모님들이 잘도 넘어간다고 허세를 떨곤 했다. '미친년들, 입에 발린 소린 줄도 모르고 어찌나 좋아하는지. 생긴 주제도 모르고는 꼴값들을 떨어요.' 늘 그런 말투였다. 노블캐슬은 정문을 통과하는 것부터가 쉽지 않았다. 경비실에 신분증을 제시하자 차단기가 올라갔다. 그 다음은 공동 현관문이 가로막았다. 동호수를 누르고 문이 열리기를 기다렸다. 제법 값나간다는 아파트는 출입하는 것부터가 까다로웠다. 고객들은 그렇다 치고 경비원마저 빽빽하게 굴었다. 나한테는 임대아파트나 소형 주공아파트가 편했다. 그런 데는 일단 고객과 친해지면 옆집에 열쇠를 맡기거나 아예 현관 비밀번호를 알려주기도 했다. 제품사용료가 자주 연체되고 영업이 안 돼서 그렇지 제품점검은 쉬웠다.

"전화한 지가 언젠데 이제서 와요?"

얼굴은 팽팽한데 목소리가 걸걸하니, 나이를 가늠하기 힘든 여자가 현관문을 열어주며 한마디 쏘았다. 현관 앞에서부터 장난 아니게 싸늘했다.

"우리 집엔 환자가 있어 점검날짜만큼은 잘 좀 지켜달라고 했잖아요. 제품 팔아먹을 땐 철석같이 약속하고선 도대체가 제 날짜에 온 적이 없다니깐. 회사 브랜드 믿고 쓰는데, 이건 순 사기꾼 심보 아니에요?"

그녀는 초면인 나를 사기꾼 취급을 했다. 나는 굽실굽실 죄송합니다를 연발하며 이온수기가 있는 주방으로 향했다. 널따란 거실을 지나는데 베란다 창을 향해 놓인 환자용 침상이 보였다. 침상에는 머리칼이 희끗하고 숱이 휑한 환자가 누워 있었고 머리맡에 놓인 가습기에서 뿌옇게 수증기가 뿜어지고 있었다. 24층 베란다 창 너머로 펼쳐진 도시 전경이 한눈에 들어왔고 멀리 바다까지도 보였다. 불현듯 반지하 어둑한 방에 누워 있을 남편이 떠올랐다.

"이봐요! 공기청정기 필터도 갈아줄 거죠?"

이온수기를 점검하는데 여자가 등 뒤에서 팔짱을 끼고 지켜보면서 한마디 했다.

"청정기 필터는 다음 달에 교환이던데요."

"지난 번 왔을 때도 필터 깨끗하다고 그냥 갔으면서…, 오늘 갈아줘요."

나는 당황스러웠다. 이집 공기청정기가 최신 제품이라 거기 맞는 필터가 내게는 없었다.

"저기, 제가 필터를 안 들고 와서요. 내일 담당 매니저한테 교환해드리라고…."

"아, 됐어요. 그냥 가져가세요. 필터도 제대로 안 바꿔주는 저런 걸 비싼 돈 줘가며 쓸 이유는 없잖아요."

여자는 아주 작정을 한 듯했다. 졸지에 내 실적판에 빨강단추 하나가 늘게 생겼다. 이온수기 점검을 마치고 욕실에 들어가 연수기 재생을 하는데 여자가 비데 청소도 요구했다. 어떻게든 여자에게 잘 보여서 공기청정기 반품을 보류해야만 했다. 어느 새 나는 그 집 욕실 청소를 하고 있었다. 고무장갑도 끼지 않은 맨손으로 세면기와 변기를 닦았다. 변좌에 튄 얼룩과 노즐에 묻은 이물질도 맨손으로 쓱쓱 닦아냈다. 샤워기를 들어 욕실 전체에 흩뿌린 다음 마른 부직포로 거울과 변기 주변 물기를 닦아 마무리했다. 양말과 바짓단이 다 젖었다. 젖은 양말을 벗어들고 욕실을 나와 보니 공기청정기가 현관에 다소곳이 놓여 있었다.

"고객님, 이건 나중에 담당 매니저 통해서 반환해주세요. 제발 부탁드릴게요."

"어차피 같은 회사잖아요. 오신 김에 가져가시라고요. 반환 거부한다고 본사에 바로 전화할까요?"

정말이지, 순전히 협박이었다. 나는 공기청정기를 들고 내쫓기듯 그 집을 나왔다. 어느 새 두 시간이 훌쩍 지나버렸다. 전화기를 열어 부재 중 전화와 문자를 확인했다. 점검하러 안 올 거냐고 불평하는 임대아파트 고객 문자가 줄줄이 들어와 있었다. 어젯밤 늦도록 전화로 잡아놓은 점검 스케줄이 하나씩 딜레이 되고 있었다. 나는 운전석에 앉아서 잠시 숨을 골랐다. 그때 송에게서 전화가 왔다.

"언니, 노블캐슬 24층에서 클레임 걸었담서요?"

"그래, 공기청정기 반품한대서 들고 나왔어."

"우씨, 그렇다고 들고 나오면 어떡해요?"

"어떡하긴, 본사에 전화하겠다고 협박하는 걸?"

"아 놔, 그 시발년이 돌았나!"

송이 원래 입이 걸다는 걸 알았지만 오늘 따라 기분이 팍 상했다.

"나 지금 바빠. 자기 클레임 건 처리하느라고 내 점검이 밀려 있어."

"어머, 미안 미안! 나도 지금 내려가는 중이에요. 이따 일 마치고 얘기해요. 내가 연락할게요."

송은 내 대답 따위는 듣지 않고 전화를 끊어버렸다. 자동차 시동을 켜고 보니 아직 맨발이었다. 콘솔박스에서 새 양말을 꺼내 신고는 임대아파트로 차를 몰았다.

늦게까지 임대아파트 점검을 마치고 송과 저녁을 먹었다. 너무 피곤해서 다음에 보자고해도 송의 고집을 꺾을 수 없었다. 지국에서 최고로 잘 나가는 송은 모든 매니저들에게 질투의 대상이라 혼자 겉돌 수밖에. 나는 송과 입사동기라는 인연으로 미우나 고우나 그녀와 붙어 다녔다. 송이 휴대전화를 열어 시상식 사진을 보여줬다. 어깨가 드러나고 가슴골이 보이는 붉은 드레스를 입고 왕관까지 쓴 송은 연예인처럼 예뻤다.

"멋지다!"

"그재? 쥑이재? 언니도 함 도전해봐."

"안 돼. 죽었다 깨나도 난 못해. 영업은 아무나 하나."

"언닌 못하는 게 아니야. 안 하는 거지."

송이 술잔을 급하게 비웠다. 나는 남편이 집에서 기다린다는 걸 알면서도 부러 연락하지 않았다. 남편이 아직 건재했더라면 지금 집에서 기다리는 역할은 나였을 거다. 영업부서 팀장이던 남편은 잦은 술자리를 힘들어했다. '여보야, 애들 대학 보내면 촌에 가서 살래? 농사도 짓고 과실나무도 심고 닭도 키우자.' 몸을 못 가눌 정도로 취해서 들어온 남편은 툭하면 혀 꼬부라진 소리로 시골타령을 했다. 그때마다 나는 술 깨고 맑은 정신으로 말하라며 대답을 회피했다.

"참, 반환한 공기청정기 어떡할 거야?"

"일단 언니가 갖고 있어봐. 내가 함 꼬드겨볼게. 24층 그 년 성괴야. 언니도 봤지? 성형중독이라 얼굴에 관심만 좀 주면 쉽게 넘어오거든."

항상 느끼는 거지만 술에 취하면 송은 예뻤다. 입에 쌍욕을 줄줄 달고 다녀도 그리 밉지 않았다. 발그레한 볼과 살짝 풀어진 눈동자, 헤살헤살 웃는 모습은 여자인 내가 봐도 사랑스러웠다.

"언냐, 2차 갈 거재? 오늘 같은 날 밥만 먹을 순 없잖아?"

나는 만사 귀찮았지만 한껏 들뜬 송을 말릴 재간이 없었다. 그녀에게 붙잡혀 따라간 곳은 호텔 지하주점이었다. 주점종업원이 송을 알아보곤 반겼다. 종업원을 따라 안쪽 룸으로 들어갔다. 우리가 들어선 룸은 꽤나 고급스러웠다.

"야아, 여긴 좀 그렇다."

"이 언니가 촌스럽게? 여기 사장님이 내 고객이야. 고객관리 차원에서 한번씩 팔아줘야 한다니까."

도로 나가려는 나를 송이 잡아끌어다 앉혔다. 안주접시와 술이 들어왔다. 둘이서 놀기에는 룸이 너무 크다 싶었다. 내가 노랠 부르는 사이 송이 누군가와 통화를 했고 얼마 후 남자 둘이 들어왔다. 송과는 자주 만났는지 친해보였다. 둘 중 하나가 내 옆에 바짝 다가앉아 술을 권했다. 나는 발끈해서 송을 쳐다봤지만 송이 눈짓으로 말려서 일단 참아보기로 했다. 하지만 나는 룸에서 반 시간을 버티지 못하고 자리를 박차고 나와버렸다. 택시를 타고 집으로 돌아오는 동안 내 몸을 더듬던 남자의 무례한 체취에 구역질이 올라왔다. 택시에서 내리자마자 그대로 고꾸라져서 헛구역질을 했다. 누군가 내 등을 토닥토닥 두드렸다. 남편이었다.

다음날은 남편이 투석하러 가는 날이어서 출근길에 병원 입구까지 태워줬다. 남편은 입술이 달라붙은 것처럼 말이 없었다. 어젯밤 일에 대해서도 한마디 꺼내지 않았고 늘 그렇듯 표정 변화가 없다. 마치 딴 세상을 사는 얼굴이었다. 남편은 투석을 시작하고 처음 얼마간 부작용으로 힘들어하다가 곧 적응하는 듯했다. 그가 건강하게 돈벌이를 하고 있다면 지금보다는 우리 사이가 더 나아져 있을까도 생각해봤다. 그렇지만은 않았을 거다. 결혼은 너무나 다른 두 사람을 맺어주는 신의 농간이라는 말을 믿었다. 나는 그 농간에 제대로 걸려들었고 이제는 빠져나올 기회조차 잃어버렸다. 그건 남편도 마찬가지라고 생각한다. 나에게로 향한 그의 무표정한 눈빛을 보면 알 수가 있다.

"택시비는 있어?"

남편은 여전히 입술을 꽉 붙인 채 고개만 끄덕였다. 차에서 내린 남편이 병원 정문을 향해 걸어들어갔다. 남편의 왼쪽 어깨가 눈에 띄게 기울었다. 내가 알던 듬직했던 그인 어디로 간 걸까. 남편의 뒷모습이 낯설어서 슬펐다.

송의 수상을 축하하느라 지국 사무실이 떠들썩했다. 삼단 케이크와 꽃바구니가 테이블 한가운데 놓여 있고 정면 스크린에 수상식 장면 영상이 플레이되고 있었다. 지국장은 연신 '우리 쏭, 이쁜 쏭' 노래를 불러댔다. 그도 그럴 것이 하룻밤 새 송이 실적판 꼭대기까지 청색단추를 붙여놨다. 이번에도 단체 건이 터진 모양이었다. 축하를 받으며 해맑게 웃는 송을 보자 어젯밤 일이 떠올랐다. 엉망으로 취한 송이 남자 다리 사이에 얼굴을 묻고 남자는 송의 가슴골에 손을 넣은 채 엉켜 있던 장면이 리플레이 되었다. 나는 그녀와 같은 유니폼을 입었다는 것조차도 불쾌했다.

사무실에 들어서면서 지국장에게 인사를 했는데도 그녀는 고개를 돌려버렸다. 영업 못하는 매니저는 점점 투명인간이 돼갔다. 나는 구석 빈자리에 앉아서 PDA 단말기로 오늘 점검할 곳을 확인했다. 어제 송의 클레임 건을 처리하느라 내 구역 점검이 여럿 펑크가 나서 새로 약속을 잡았다. 조회 마치고 바로 달려간다고 해도 11시부터나 일을 시작할 수 있었다. 점심 먹을 시간도 없이 빡빡하게 점검을 잡아놔서 마음이 바빴다. 송의 수상식 영상을 다 보고 소감까지 듣느라고 조회가 길어졌다. 지국장 잔소리는 갈수록 인내심을 요하게 했다. 그런데 조회 마칠 즈음 지국장이 폭탄 발언을 했다.

"오늘 긴급 오더데이예요. 각자 청색단추 한 개씩 붙이고 점검 나가세요!"

그만 말문이 막혔다. 영업을 못하면 점검을 나가지 말라는 말이었다. 능구렁이 선배들은 이런 날을 대비해서 오더 한 건씩 들고 있다가 팀장에게 툭 던져주곤 사무실을 탈출했다. 그렇게 반은 빠져나갔고 사무실에는 열 명 남짓의 매니저가 남아서 여기저기 전화를 돌려댔다. 나도 휴대전화 주소록을 열고 몇 번이나 훑었으나 매달려 사정할 데라고는 한 군데도 없었다. 오전 11시에 방문하기로 한 고객에게 전화해서 내일로 점검을 미뤘다. 벌써 두 번째 딜레이라 짜증난 목소리였다. 한 시간쯤 지나자 서너 명이 사무실을 빠져나갔다. 그들 표정을 보니 자살골이었다. 그렇게라도 청색단추를 붙여야 점검을 나갈 수 있었다. 나는 묵묵히 앉아 있었다. 12시에 방문하기로 한 곳도 딜레이 시켜야 할 판이었다.

"이보세요들! 그렇게 넋 놓고 앉아 있으면 어떡해요. 단추 하나씩만 붙이고 퍼뜩 좀 나가시오. 미점검 쌓여서 기본수당 프로테이지 까먹지들 말고요. 네?"

지국장은 아예 대놓고 윽박질이었다. 한때는 멋있다며 올려다봤던 그녀가 시간이 지날수록 실망스러웠다. 그때 남편에게서 전화가 걸려왔다. 지금쯤 투석이 끝났을 시각이었다. 전화를 받으니 여자 목소리가 들려왔다.

"누구세요?"

"여기 병원인데요, 환자 분이 투석 중에 쇼크가 왔어요. 응급조치는 했지만 지금 바로 보호자가 오셔야겠어요."

전화를 끊고 팀장에게 사정을 말했다. 가방을 챙겨 급히 사무실을 나서려는데 지국장이 앞을 막았다.

"미진 씨, 어디 가?"

"지금 병원 가봐야 해요. 남편이 안 좋은 거 같아요."

"잠깐만! 그래도 단추 하나는 붙이고 가야지. 규칙이니까."

나는 그만 말문이 턱 막혔다. 그때 지국장과 점심을 먹으려고 기다리던 송이 지국장 귀에다 대고 무슨 말인가를 했다. 곧이어 지국장이 모두에게 들으라는 듯 큰소리로 말했다.

"우리 송이 미진 씨한테 청색단추 하나 빌려주겠대요. 미진 씨, 나중에 꼭 갚으세요."

그 말이 떨어지기 무섭게 우리 팀장이 쪼르르 달려나가 실적판에 붙은 송의 청색단추 하나를 떼어내더니 내 그래프에다 붙였다. 참았던 서러움이 와락 차올랐다. 터질 것 같은 눈물을 참느라고 아랫입술을 깨물었다. 사무실을 나와 계단을 걸어내려오는데 눈앞이 어룽어룽해서 앞이 잘 안 보였다.

처음 남편이 쓰러지던 날 동생네 가게에서 빵 포장을 하다가 남편 전화를 받았다. 남편은 어지럽고 토할 것 같다며 고통을 호소했다. 나는 그런 남편에게 별 일 아닐 거야 말해주고 병원으로 향했다. 남편은 생각보다 심각한 상태였다. 의식도 오락가락했다. 남편은 응급실에서 날밤을 새우면서 이런저런 검사를 받았다. 응급실이 그날 따라 부산했다. 앰뷸런스 소리 요란하더니 의료진의 다급한 외침이 들려왔다. 총성만 들리지 않았을 뿐, 그날 밤 우린 야전병원 한가운데에 놓인 기분이었다. 환자가 들어왔다나간 병상 주변으로 핏물이 낭자했고 피 묻은 시트와 환자의 찢어진 옷가지가 바닥에 널브러져있었다. 간호사들이 미처 치울 새가 없었는지 동이 터올 때까지 그대로였다. 남편은 소변줄을 꽂았는데 소변줄이 연결된 주머니에 시뻘건 핏물이 고였다. 남편은 만성신부전증 진단을 받았다. 남편의 신장 두 개가 바싹 마른 낙엽처럼 죽어버렸다고 했다.

'신장은 우리 몸속 피를 거르는 필터라고도 할 수 있어요. 이 필터가 막혀버려 기능을 못하면 어떻게 되겠어요?' 너무 잔인한 질문이라서 나는 대답을 하지 못했다. 신장이식을 하거나 혈액투석만이 사는 길이라고 했다. 의사 말대로 투석을 받으면서 신장이식을 기다리는 수밖에 없었다. 남편은 신장투석을 받으면서 직장을 그만두었다. 대학생이 둘인데 막막했다. 제 몸뚱이 하나 건사 못한 남편이 원망스러웠다. 이 지경이 되도록 뭐했냐고, 가장이 돼가지고 무책임하다며 아픈 남편을 긁어도 봤다. 너무 일찍 폐품이 돼버린 남편을 보면 말할 수 없이 밉고 화가 났다. 두 아이 방을 얻어주느라 융자금이 남은 아파트를 팔고 우리 부부는 반지하로 옮겼다. 남편과 나, 청춘을 내주고 마련한 30평대 아파트를 팔아 수도권에 방 한 칸을 겨우 얻을 수 있었다. 언제 끝날지 모를 남편 병원비와 매달 올려보낼 애들 생활비만으로도 벅차서 궁여지책으로 내린 결정이었다.

남편은 다행히 고비를 넘기고 안정을 찾았다. 내가 병원에 도착했을 때 대기실 소파에 구부정하게 앉아 창밖을 보고 있었다. 햇살이 환해서일까. 오늘 따라 남편 얼굴이 검고 까칠했다. 몸은 통통 붓고 눈 흰자위는 흐릿하고 핏기 없는 입술은 부르트고 갈라졌다. 영락없는 중환자 몰골이었다.

"뭣하러 와. 알아서 집에 갈 건데."

"쇼크 왔다면서?"

"이젠 괜찮으니까 그만 가봐."

"집에 데려다줄게. 점심도 먹어야 하잖아."

남편을 차에 태워 병원을 나왔다. 환자분 식단에 좀 신경을 써야 해요. 관리가 전혀 안 되고 있거든요. 담당의사가 꾸짖듯 내게 한 말이 귓전을 뱅뱅 돌았다.

"고기 먹을까? 오리고기 어때?"

"그냥 집에 가."

집에 와서 된장찌개 끓여 점심을 차렸다. 남편을 간신히 한 공기 비우더니 침대에 누워버렸다.

나는 밀린 점검 때문에 설거지도 미루고 집을 나왔다. 임대아파트에 도착해서 해질 때까지 쉬지 않고 다섯 집을 점검했더니 땀으로 절은 옷에서 쉰내가 풍겼다. 젖은 양말을 두 개째 갈아 신었다. 저녁을 굶어가며 밀린 점검을 하나라도 더 해야 했다. 또 언제 오더데이에 잡혀서 점검을 못나가게 될지 모르는 일이었다. 당일 점검을 잡아보려고 PDA를 뒤졌다. 그때 모르는 번호의 전화가 걸려왔다. 전화를 받으니 굵직한 목소리의 남자가 대뜸 '우리 공기청정기는 왜 점검하러 안 와요?' 했다. 어디냐고 물으니 주소를 말해줬다. 대단지 아파트가 들어설 예정인 산동네였다. 안 그래도 공기청정기 점검 때문에 전화를 여러 번 했던 고객이었다. 그때마다 없는 번호로 나와서 미점검으로 올렸는데 전화번호가 바뀐 거였다. 지금 올 수 있냐는 말에 당장 가겠다고 했다. 제품 명의는 여자인데 전화를 건 사람은 남자였다. 전화를 끊고 살짝 불안함이 들긴 했지만 한 건이라도 더 점검하려는 욕심에 달려갔다.

사실 그 동네는 오래 전에 보상이 끝난 철거촌이었다. 건설사 사정으로 공사가 늦어지면서 아직 몇몇 집이 그대로 남아 있었다. 대낮에도 혼자 방문하는 게 꺼려지는 곳인데 하필 이런 저녁에 방문하라니. 어두컴컴한 공터에 주차하고 알려준 주소를 찾아갔다. 내 예상대로 낡고 허름한 빌라였다. 3층짜리 벽돌건물에 불이 켜진 곳은 1층뿐이었다. 초인종마저 고장 나 있었다.

"실례합니다. 계세요?"

나는 불 켜진 현관 앞에서 크게 소리를 쳤다. 잠시 후 시커먼 남자가 문을 열어줬다. 오래된 주택에서 나는 냄새인지, 남자 몸에서 풍기는 냄새인지 모를 기분 나쁜 냄새에 속이 역했다. 나는 남자 얼굴을 일부러 쳐다보지 않았다. 실내는 불이 켜져 있는데도 이상하게 어두웠다.

"고객님, 공기청정기는 어디에 있나요?"

그러자 남자는 손가락으로 안방을 가리켰다. 나는 잠시 머뭇거리다가 안방으로 들어갔다. 남자가 따라 들어왔다. 거칠게 내쉬는 남자 숨소리가 안방에 공명통이라도 있는 것처럼 크게 울렸다. 나는 침대 발치에 놓인 공기청정기를 들고 거실로 나왔다. 남자의 눈길이 나를 따라다녔다. 오래 점검하지 않아 필터와 부직포 모두 갈아야 했다. 청정기 프리필터는 예상대로 먼지로 뒤덮여 있어 물로 씻어야 했다. 고객의 양해를 구하고 세면장으로 들어가 샤워기로 먼지를 씻어냈다. 잿빛 솜뭉치 같은 먼지를 털어내고 물기를 닦았다. 그런 다음 부직포를 붙이고 헤파필터를 교체한 다음 외관을 닦았다. 그러는 동안 남자는 규칙적으로 거친 숨소리를 내며 안방 침대 끝에 앉아 있었다. 나는 태연한 척 필터를 교환하면서도 남자 쪽에 눈길이 갔고 목을 죄여오는 공포감에 머릿속이 하얘지고 등줄기로 땀이 흘러내렸다. 손이 바들거려 필터가 미끄러지기도 했다. 점검이 끝날 무렵 나는 일부러 송에게 전화를 걸었다.

"어머, 이 근처에 와 있다고? 나도 지금 막 끝났어. 곧 나갈 거야."

나는 큰소리로 말하며 고객에게 점검표를 건넸다.

"이 언니가 왜 그래? 언니 무슨 일 있구나!"

눈치 빠른 송이 다급하게 말했다. 남자는 점검표를 받아들며 더욱 거칠게 숨을 내쉬었다. 남자의 커다란 손이 금방이라도 내 손목을 잡아챌 것만 같았다.

"아, 그래그래 거기서 만나. 나 지금 나간다니까."

나는 송과 통화를 하면서 현관 출입문 쪽으로 걸어나왔다. 현관문이 잠겨 있었다. 잠긴 현관문을 여느라 하마터면 전화기를 떨어뜨릴 뻔했다. 현관문을 열고 그 집을 뛰쳐나올 때까지 남자는 여전히 거친 숨소리를 내며 등 뒤에 서 있었다. 나는 공터까지 뛰어와서 그대로 주저앉아버렸다.

"언니, 괜찮은 거지?"

아직 전화기는 켜진 채였다.

바로 집에 가지 않고 집 근처 공원을 찾았다. 울적할 때마다 발길이 절로 향하던 곳이었다. 공원 한 쪽에 정자가 있고 그 앞에 작은 연못이 있다. 그러고 보니 내 집을 마련해서 이 도시에 이사한 지 10년이 돼간다. 처음 왔을 땐 주변이 모두 논밭이고 허허벌판이었는데 지금은 아파트 숲으로 빼곡하게 들어차버렸다. 신도시고 계획도시여서 주변 환경이 더없이 쾌적했다. 뒷산에 등산로와 둘레길이 여러 갈래로 나 있고 산줄기를 따라 큰 개울이 흘렀다. 개울 근처에는 카페와 레스토랑, 화덕피자와 빵집, 공방이 즐비해서 아이들과 자주 찾았었다. 공원 연못에는 수련과 부들이 자라고 산딸나무와 꽃단풍나무가 아름드리 서 있었다. 여름밤에 아이들과 자주 산책을 나왔다. 공원 잔디에 돗자리를 펼치고 누워서 스마트폰으로 음악을 들으며 밤하늘의 별을 세었다. 지나고 나니 꿈 같은 시절이었다. 내가 크게 욕심을 부린 것도 아닌데 내 삶이 끝없는 나락으로 떨어지는 기분이었다.

자정이 다 돼서야 집에 들어갔다. 식탁에는 밥과 반찬이 차려져 있고 남편은 자는 듯했다. 저녁을 먹고 자는 건지 물어보려다 말았다.

미색 홑이불을 둘둘 감고 모로 웅크린 남편이 애벌레처럼 보였다. 어쩌다가 남편은 내가 돌봐줘야 할 존재가 돼버렸을까. 남편은 또 그런 자신이 얼마나 비참할까. 늦은 밤 나는 욕실 샤워기를 틀어놓고 아까 다 못 쏟은 울음을 마저 쏟아냈다.

다음날은 토요일이라 사무실에 출근하지 않고 바로 점검을 나갔다. 월말이 다가오고 있는데 밀린 점검이 아직 많았다. 미점검이 있으면 점검수당이 또 깎였다. 송의 뒤치다꺼리만 아니었으면 벌써 해치웠을 일이었다. 오전에 일곱 건을 점검하고 점심을 먹으러 편의점에 갔다. 컵라면과 삼각김밥을 사서 간이 테이블에 앉았다. 삼각김밥 껍질을 벗기고 알맞게 불은 컵라면을 휘휘 저어 막 한 입 먹으려는데 전화벨이 울렸다. 노블캐슬 24층 고객이었다.

"저기요, 담당 매니저가 전활 안 받아 그러는데요. 지난 번에 가져간 공기청정기 도로 가져다주세요. 집에 환자가 있어 청정기가 필요하네요."

송이 어찌 잘 구워삶았는지 여자 목소리가 나긋나긋했다. 공기청정기 반환 건이 취소되어 다행이었다.

"저기 내일 가져다 드리면…."

"안 돼요. 지금 가져오세요. 필터 꼭 갈아주시고요."

여자는 내 말은 듣지도 않고 바로 끊었다. 나에게는 맞는 필터가 없어 송에게 전화를 했다. 한참 신호가 가도록 안 받았다. 조금 있다 송에게서 문자가 왔다.

'나 지금 제주야. 필드 나왔어. 통화는 나중에.'

필터가 급히 필요하다고 문자를 보냈는데 답이 안 왔다. 송이 전화기를 꺼버린 것 같았다. 노블캐슬 고객에게 이런 사정을 말해봤자 도로 취소하겠다고 화를 낼 게 분명했다. 문득 송의 집에 가면 필터가 있을 거라는 생각에 이르렀다. 다행히 송의 집이 여기서 가까웠다. 송은 빌라 2층에 사는데 집이 좁아서 출입문 바깥 통로에다 필터를 쌓아놓았다. 어차피 2층에 한 가구뿐이라서 통로 전체를 전용 창고처럼 쓴다고 했다. 그새 라면발이 국물을 빨아들여 퉁퉁 불어 있었다. 한 손에 들고 있던 삼각김밥을 입안에 쑤셔넣고는 컵라면 국물로 넘겼다. 불어터진 면발은 음식물 잔반통에 부어버리고 차를 몰아 송의 집으로 향했다.

송의 빌라에 도착해서 2층으로 난 계단을 올라갔다. 북향이라 대낮인데도 통로가 어두침침했다. 송이 내년에 노블캐슬로 이사한다며 자랑하던 게 떠올랐다. 젊은 게 혼자 딸 둘 키우며 억척스레 산다며 위로와 축하를 해줬었다. 예상대로 빌라 2층 통로 안쪽에 필터 박스가 수북했다. 필터는 제품별, 기능별, 사이즈별로 달라서 양이 상당했다. 그래도 한 달 분량치곤 너무 많았다. 교체주기가 길고 고가인 멤브레인 필터가 이상하리 만치 많았다. 지금껏 저 많은 필터를 교체하지 않은 게 분명했다. 짐작은 하고 있었지만 많아도 너무 많아서 한숨이 나왔다. 필터가 담긴 박스를 뒤적거리며 노블캐슬 공기청정기 필터를 찾았다. 그때였다. 송의 집 현관문이 조심스레 열리고 문틈으로 누군가가 빼꼼 얼굴을 내밀었다. 송의 둘째 딸이었다.

"어? 집에 있었구나! 너 아줌마 알지?"

몇 번 봐서 낯이 익다고 아이가 문을 열고 나왔다. 깡마르고 까무잡잡한 게 송을 하나도 닮지 않아서 안타까움마저 드는 아이였다.

"언니도 집에 있니? 밥은 먹었고?"

아이가 고개를 가로저었다. 저 혼자 있다는 건지, 밥을 안 먹었다는 건지…, 궁금하고 걱정이 되어 집안을 살폈다. 거실을 들여다본 순간 나는 내 눈을 의심했다. 집안은 창고인지 살림집인지 분간이 안 되게 난장판이었다. 현관부터 어지럽혀진 건 그렇다 치고 눈에 익은 정수기와 공기청정기가 발 디딜 틈 없이 거실을 가득 채우고 있었다. 소파가 놓인 곳과 부엌으로 가는 통로만 남겨두고 빈틈이 없게 꽉 차 있었다.

"언니는 어딨어?"

아이가 가리키는 안방 문을 열자 침대에 큰애가 누워 있었다. 안방에도 공기청정기 박스가 대여섯 개는 보였다. 안방뿐만 아니라 작은 방과 베란다에도 제품 박스로 빼곡했다. 얼핏 세어도 50개는 돼보였다. 절반은 박스도 뜯지 않은 상태였다. 송의 청색단추가 여기 이렇게 쌓여 있었다.

큰애를 깨우고 냉장고를 열어보니 텅 비었다. 설거지할 그릇이 가득한 싱크대에서 음식 썩어가는 냄새가 코를 찔렀다.

"니들 짜장면 먹을래?"

둘이 기다렸다는 듯 고개를 끄덕였다. 냉장고에 붙은 중국집 스티커를 보고 전화해서 짜장면을 주문하고 창문을 모두 열어 집안을 환기시켰다. 거실 벽에 액자 두 개가 걸려 있어 다가가보니 가족 사진이었다. 두 아이 아빠가 달랐다. 저 두 아이도 결국은 송의 전 남편들에게 반환된 셈이었다. 짜장면이 배달되고 아이들이 허겁지겁 먹는 걸 보는데 나도 모르게 울컥했다. 그때 송에게서 전화가 왔다. 이제 라운딩 마치고 라커룸이라며 노블캐슬에 공기청정기 가져다줬는지부터 물었다.

"자기가 가져다줘. 난 바빠서 못 가."

"오늘 가져오랬다며? 그 여자 또 맘 바뀌면 어쩌려고 그래?"

"그게 지금 나한테 할 소리야? 자기 반품 건이잖아."

송이 소리를 죽인 채 계속 부탁했지만 나는 딱 잘라 거절했다. 그리고 단호하게 말했다.

"앞으로 점검 좀 똑바로 해. 허구헌 날 반품에다 클레임 건까지 지겹지도 않아?"

"언니, 왜 그래?"

"몰라서 물어? 제발 필터 누락 좀 하지 마라. 특히 멤브레인 필터!"

"이 언니가 진짜…. 주제도 모르고 지금 누굴 뭐라는 거야? 영업도 젬병이면서…."

송이 먼저 전화를 끊어버렸다. 나는 아이들 입에 묻은 짜장 소스를 티슈로 닦아주고 빈 그릇을 들고 송의 집을 나왔다. 내 차에 실린 공기청정기를 송의 빌라 2층 통로에 옮겨놓고는 곧장 집으로 달려왔다.

때마침 남편이 집 앞에 놓인 평상에 앉아 담벼락에 몸을 기대고 먼산을 보고 있었다. 반지하에 햇볕이 들지 않아 평상에 나앉아 햇볕바라기를 하는 중이었다. 내가 그 옆에 바짝 다가가 앉을 때까지도 남편은 눈칠 채지 못했다. 나는 취한 척 눈을 지그시 감고 슬그머니 남편 어깨에 몸을 기댔다.

"여보야, 우리 촌에 가서 살래? 농사도 짓고 과실나무도 심고 닭도 키우고…."

그제야 남편이 눈이 똥그래져서 나를 바라봤다.

"더 늦기 전에 이식수술하고 촌에 가자. 내 꺼 줄게. 이제부턴 당신이 날 좀 돌봐주라."

남편은 좋다는 건지 싫다는 건지 오만상을 찌푸렸다. 햇살이 온통 우리가 앉은 담벼락으로 쏟아지는 눈부시게 환한 한낮이었다.

1989 목포

1989 목포

자동차 브레이크를 천천히 밟으며 휴게소로 들어섰다. 두 시간을 쉬지 않고 달렸더니 나도 차도 휴식이 필요했다. 듬성듬성 빈 주차장을 두리번거리다 그늘이 있는 곳을 찾아 주차했다. 먼저 화장실에 들렀고 맞은편 테이크아웃 커피점에서 따뜻한 커피를 주문했다. 커피를 받아들고 휴게소 뒤편 인공연못이 보이는 나무 벤치에 가서 앉았다. 컵홀더를 끼웠는데도 일회용 컵은 너무 뜨거웠다. 컵 뚜껑을 열어 벤치 앞 탁자에 올려놓고 휴대폰을 열어봤다. 조금 전 커피점에서 결제한 카드 알림문자가 바탕화면에 떠 있었다. 또 다른 문자들을 확인하다가 여고동문밴드에 새 소식을 알리는 붉은 표시를 보았다. 나는 별 생각 없이 밴드 아이콘을 터치했다.

'37회 조희주 동문이 뇌출혈로 사망했기에 알립니다'

느닷없는 부고였다. 희주가 죽다니. 희주의 부고는 쇠망치가 되어 내 뒤통수를 세게 휘갈겼다. 나는 그만 아뜩해서 들고 있던 휴대폰을 떨어뜨릴 뻔했다. 장례식장은 목포 중앙병원, 발인이 내일 07시였다. '뇌출혈 사망'이라는 대목에서 감전이라도 된 듯 어깨를 부르르 떨었다. 희주는 이제 마흔아홉이다. 죽기에 너무나 안타까운 나이였다. 차를 세워둔 곳이 어디였지…, 중얼거리며 가까스로 몸을 곰작거렸다. 어떻게 차에 탔는지 모른다. 그렇게 운전석에 오도카니 앉아 있다가 휴게소 뒤편 탁자에 커피를 그대로 두고 왔다는 걸 떠올렸다. 커피가 몹시 그리웠지만 그렇다고 나가서 되가져올 마음은 들지 않았다.

희주는 D보험사에 다녔었다. 이런, 그녀가 벌써 과거형으로 회상되고 있었다. 희주는 여고동문밴드에 가입한 날부터 하루가 멀다하게 글을 올리기 시작했다. 이틀 전에도 희주는 치매간병보험상품을 밴드에 소개하면서 「백세시대, 잘 죽는 방법」이라는 난삽한 글도 함께 올렸다. 그런 걸 어디서 퍼오는지 정신없고 눈살 찌푸려지는 광고들뿐이었다. 조회 수는 두 자리를 넘지 않았다. 그러거나 말거나 그녀는 줄기차게 글을 퍼다날랐다. 출처를 알 수 없는 건강정보와 하품조차 나오지 않는 천박한 유머와 툭하면 빗나가는 주간날씨 정보까지 한심하기 짝이 없는 것들뿐이었다. 그런 그녀의 노력에도 천 명 넘는 동문들 반응은 냉랭했다.

작년 봄에 희주가 동문밴드에 처음 가입했을 땐 그나마 그녀를 아는 동창들이 짧은 댓글과 웃는 표정의 이모티콘으로 반응을 보이긴 했다. 그러다가 점점 밴드 게시판을 도배질하는 게시물에 다들 무감각해지고 말았다. 제가 올리는 게시물 조회 수를 봐서라도 이쯤에서 지쳐 나가떨어질 만도 했다. 하지만 그럴 그녀가 아니라는 걸 안다. 깡다구 하난 타고난 그녀였으니까. 여고 때나 지금이나 하나 변하지 않는 그녀의 무신경하고도 배려심이라고는 없는 행동에 화가 났다가 그 또한 영업수단의 하나라는 생각에 이르자 조금은 누그러졌다.

그 후로는 그녀가 어떤 짓을 하건 철저히 무시하기로 했다. 아이러니하게도 불과 몇 시간 전에 올라온 희주의 부고에 그녀를 애도하는 댓글이 줄줄 달리고 있었다. 그럼에도 나는 희주의 죽음이 도무지 실감나지 않았다. 시간이 지나면서 머릿속 회로가 제멋대로 엉켜 합선이라도 된 것처럼 어지럽기까지 했다. 마침내 속이 메스껍고 두통이 스멀스멀 올라와서 차창을 내리고 몸을 뒤로 한껏 젖혀 크게 심호흡을 해야 했다.

여고 때 나는 희주랑 한방에서 자취를 했었다. 엄마는 생전 처음 보는 그녀를 먼 친척뻘이라고 소개했고 내 자취방에서 함께 지내게 했다. 하지만 먼 친척이라는 건 순 거짓말이었다. 누구보다 신앙심 깊던 엄마가 그런 거짓말을 눈 하나 깜짝 않고 했다는 것을 알았을 때의 배신감은 적잖이 컸다. 엄마와 희주엄마는 어린 시절 한 동네에서 의자매처럼 자랐다. 엄마는 처녀 적부터 교회주일학교 반사를 하며 아이들에게 성경과 찬송가를 가르쳤다. 엄마의 왼쪽 팔목에 십자가 모양 문신이 새겨져 있는데 아주 특별한 신앙심의 표식처럼 보였다. 먹물 묻힌 실을 바늘에 꿰어 살을 통과시킨 일종의 점상문신으로 아마도 그 당시에 유행했을 거라고 생각했다.

둘은 한동네에서 친자매처럼 붙어 지내다가 각각 다른 섬으로 시집을 가면서 헤어졌다. 전화도 편지도 나눌 수 없던 막막한 시절이었다. 시집간 이듬해 나란히 딸을 낳았고 또 어쩌다가 그 딸들이 같은 여고에 진학하게 되었다. 희주네 섬은 내 고향 섬보다도 더 외졌다.

그래봤자 오십보백보였지만. 그래도 우리 섬은 목포에서 하루 한번씩 여객선이 오갔고 비록 종선을 타고 나가야 했지만 오일장이 서는 읍내가 지척이었다. 장날에 엄마를 따라 읍내에 나가서 장 구경도 하고 짜장면과 풀빵을 얻어먹기도 했다. 희주네 섬은 배편이 따로 없었다. 여객선이 닿는 종점나루에서 줄배를 타고 들어가서 또 한참을 걸어야 했다. 섬이 제법 크긴 한데 몇 안 되는 집들이 띄엄띄엄 떨어져 있어 무인도처럼 적막한 곳이었다.

희주엄마 첫 인상은 파리하고 야위어 병색이 짙어보였다. 본디 낯빛이 말갛고 이목구비가 또렷한 희주는 제 엄마를 많이 닮았다. 여리고 작은 몸피도 둘이 닮았다. 희주엄마는 묵은 기침을 자주 해대고늘 보면 무명 손수건을 한 손에 꼭 쥐고 있었다. 희주엄마 왼쪽 팔목에도 십자가 문신이 보였다. 부러질 듯 가느다란 그녀 팔목에 새겨진 먹물색은 말간 피부로 인해 더욱 도드라져 보였다. 희주가 여고에 합격하고 개학날이 가깝도록 자취방을 구하지 못하자 엄마는 희주를 내 자취방으로 데려왔다.

— 너는 엄마를 하나도 안 닮았네.

그날 함께 온 희주엄마가 내게 건넨 첫 마디였다. 희주엄마 말대로 나는 피부가 검고 골격이 굵은 게 아버지를 많이 닮았다. 굵고 곱슬곱슬한 머리카락까지도 아버지를 닮아서 불만이 많았다. 내가 얻은 자취방은 유달산 기슭 산동네 다닥다닥 지어진 슬레이트집 문간방이었다. 안채는 주인집이고 문간채는 부엌을 가운데로 두고 방이 두 갠데 안쪽 방은 행남자기공장에 다니는 언니가 수년째 살고 있었다.

언니는 새벽같이 출근하고 야근이 잦아 평상시는 얼굴 보기가 힘들었다. 내 자취방은 둘이 지내기엔 좁아서 책상 두 개가 들어가지 않았다. 희주 책상이 먼저 들어왔고 나는 책상 없이 방바닥에 접이식 밥상을 펴서 지내기로 했다. 둘이 누우면 희주보다 키가 큰 나는 무릎을 구부려야 했다. 모로 방향을 바꿔 누우면 다리를 겨우 펼 수는 있는데 대신 폭이 좁아서 둘이 껴안다시피 붙어서 자야 했다. 나는 그냥 무릎을 굽히고 눕는 게 더 편했다.

안채 주인아저씨는 청소부였고 그 아내는 새벽마다 역전 번개시장에서 야채를 떼다가 동네시장통에서 팔았다. 새벽이면 부부가 대문을 열고 일 나가는 소리에 잠이 깨곤 했다. 저녁에는 안채에 일찍 불이 꺼져 주인부부와 마주하는 일이 드물었다. 화장실이 대문 옆에 있어 주인집과 같이 써야 했는데 신기하게도 서로 마주치는 일은 거의 없었다. 자취방 마루에서 유달산이 정면에 마주 보였다. 온통 바위뿐인 높다란 바위산이 손을 뻗으면 만져질 듯 가까웠고 그 아래 일주도로는 해 질 무렵에 일제히 주홍빛 가로등을 밝혔다. 문간방은 세를 놓으려고 성의 없게 지은 듯했다. 도배지 뜯긴 자리에 시멘트가루가 부스러져 흘러내렸고 잔금이 많아 연탄가스가 새어 들어왔다. 한겨울에도 창문을 한 뼘 정도 열어놓고 자야 했는데 아침에 눈을 뜨면 자주 머리가 무겁고 속이 메슥거렸다.

'삼가 고인의 명복을 빕니다'

희주의 부고에 애도 댓글이 셀 수도 없게 달리고 있었다. 그녀가

이 많은 댓글을 확인할 수 없다는 생각에 이르자 더욱 안타깝고 울컥 슬픔이 밀려들었다. 나는 처음으로 그녀 인스타그램을 찾아들어갔다. 셀카 사진이 많았다. 쉰을 눈앞에 둔 나인데도 희주는 여전히 뽀얗고 눈이 컸다. 시술인지 뽀샵인지 볼살이 팽팽하고 물광으로 번들거렸다. 하긴 희주는 여고 때도 공부보다 노는 일에 열정을 쏟았다. 특히 외모 가꾸는 일에는 누구보다 관심이 많았던 아이였다. 희주는 학교에서 끗발깨나 날리는 날라리들과 어울렸다. 스카치테이프를 가느다랗게 잘라 눈썹에 붙이면 가뜩이나 큰 눈이 소 눈처럼 보였다. 상고커트에 무스와 웰라폼을 잔뜩 바르고 항상 가방에 넣고 다녔다. 밤마다 어딜 쏘다니는지 늦게 들어왔고 가끔 친구집에서 자고 들어왔다. 희주가 들어오지 않는 날은 다리를 펴고 잘 수 있어 좋은데 그녀 엄마가 보내주신 밑반찬을 혼자 먹을 때는 살짝 미안한 마음이 들긴 했다.

희주엄마는 정기적으로 병원 진료를 받으러 목포에 왔다. 그때마다 자취방에 들렀는데 희주가 그날만큼은 일찍 집에 들어왔다. 힘을 바짝 줬던 앞머리가 언제 그랬냐는 듯 차분해지고 허리를 접어올렸던 교복치마는 감쪽같이 얌전했다. 종아리까지 끌어올려 신던 새하얀 면양말도 발목께 내려 두세 번 접어신었다. 소금에 절인 배추 마냥 고분고분해진 희주가 낯설고 어색해서 웃음을 참아야 했다. 희주엄마는 자취방에 오실 때마다 내게도 용돈을 쥐어주며 둘이서 잘 지내야 한다고 당부했다. 아니 부탁했다. 뿌옇게 먼지 앉은 희주 책상과 책꽂이에서 꼼짝 않는 교과서, 무엇보다 매사 건성이고 진중하지 않은 희주를 많이 걱정하는 눈빛이 역력했다. 나는 희주엄마가 가고 나면 받은 용돈을 희주에게 도로 건넸고 그녀는 그걸 당연한 듯 받았다. 매일 밥 짓고 설거지하는 건 내 몫이었고 세숫대야에 오래 담가 놓은 그녀 속옷이랑 양말도 가끔은 빨아줬다. 옆방 언니가 그런 나를 볼 때면 '왜 만날 너만 밥하고 빨래 해?' 하고 물었는데 굳이 내 대답을 바라고 묻는 건 아니라서 나는 피식 웃었다.

하루는 마당 빨랫줄에 널어놓은 희주의 나이키 양말 두 켤레를 도둑맞았다. 한번밖에 신지 않은 거라며 희주는 팔팔 뛰었다. '혹시 니가 가져간 건 아니지?' 하며 날 째려보다가 피식 웃으며 고개를 가로저었다. 희주는 그러고도 양말을 몇 번 더 도둑맞았다. 그때는 프로스펙스나 아디다스 같은 로고가 새겨진 면양말이 학생들의 선망 아이템이라 빨랫줄에 널었다가 도둑맞는 일이 빈번했다. 희주는 양말을 방안에 말리면서 '너는 좋겠다. 도둑맞을 게 없어서' 하고 빈정거렸다. 희주의 놀림이 있고 얼마 뒤 나는 참고서를 도둑맞았다. 새로 산 맨투맨 영어문법과 수학정석이 감쪽같이 사라졌다. 저녁 반찬거리를 사러 시장에 다녀온 사이에 누군가 내 책가방에서 참고서만 빼가버렸다. 나는 울먹이며 희주의 책꽂이까지 뒤졌다. 그런 나를 본 희주가 어이없다는 표정으로 '야, 내가 그 딴 걸 왜 훔치냐?'며 눈을 흘겼다.

참고서를 도둑맞은 나는 양말을 잃어버린 희주보다 더 분개했다. 어떻게든 도둑을 잡아야겠기에 희주 양말을 미끼로 쓰자고 했다. 마당 빨랫줄에 나이키 양말을 걸어놓고 도둑을 유인하자고 제안했다.

'너 그거까지 잃어버리면 물어내야 해!' 희주는 붉은색 나이키 로고가 선명한 양말을 내어주며 몇 번이나 내게 다짐을 받았다. 나는 마당 빨랫줄에 미끼를 걸어놓고 내 신발을 부엌에 감추고는 방안에 숨어 창문 구멍으로 망을 봤다. 한 사나흘은 양말이 그대로 걸려 있었다. 끈기 없는 나는 도둑이 눈치를 챘거니 하고 그만 포기할까도 생각했다. '니가 그럼 그렇지!' 분명 희주가 코웃음을 칠 게 뻔했다. 나는 다시 마음을 다잡고 미끼를 투척한 채 방에 숨어 망을 보았다.

일주일쯤 지났을까. 그날은 휴일이었다. 점심께 대문 열리는 소리에 문틈으로 바깥을 살폈다. 여상 다니는 집주인 딸이었다. 나는 다시 책읽기에 집중했다. 주인집 딸은 시내에서 떨어진 외곽지역에 있는 여상을 다녔다. 그땐 성적이 안 되면 집에서 먼 지역까지 학교를 다녀야 했다. 우리와 같은 또래인데도 서로가 아무 관심이 없었고 어쩌다 대문을 드나들며 마주쳐도 소 닭 보듯 지나쳤다. 그렇게 또 얼마의 시간이 지났을까. 나는 화장실에 가려고 방문을 열었다. 그런데 빨랫줄에 걸려 있던 양말이 감쪽같이 사라졌다. 순간 집주인 딸이 떠올랐다. 오늘 이 집에 들어온 사람은 집주인 딸이 유일했으니까. 그렇다고 그녀에게 양말을 가져갔냐고 다그칠 수는 없는 일이었다. 양말을 또 도둑맞은 걸 희주가 알면 뭐라고 해댈지 상상하자 눈앞이 깜깜했다.

나는 문간방 마루에 걸터앉아 집주인 딸이 안채에서 나오길 기다렸다. 그녀는 좀체 나오지 않다가 해거름에야 방문이 열리면서 멀뚱멀뚱 걸어나왔다. 그녀 얼굴을 본 순간 내 입은 들러붙어버렸다.

— 등신!

희주의 첫마디는 예상한 그대로였다. 나는 코가 쑥 빠져서 다음 달 용돈 받으면 양말 값을 물어주겠다고 했다. 그날 밤은 속상해서 저녁을 굶고 일찍 잠들었다. 자다가 깨보니 밤중이었고 희주가 안 보였다. 어디 갔지? 궁금하던 차에 대문이 쾅, 열리면서 누군가 들어왔다. 주인집 딸이었다. 그 뒤를 따라 희주가 들어왔다. 뭔가 느낌이 싸했다. 방에 들어온 희주는 꼬깃꼬깃한 지폐 몇 장을 내 앞에 내밀었다. '저 년이 도둑년 맞아. 훔친 니 참고서는 헌책방에 팔았대서 돈 받아왔고 내 양말은 낼 돌려주겠대.' 양말도둑을 잡은 희주는 의기양양했고 우린 모처럼 한 편이 되어 웃었다.

— 엄마, 지금 어디쯤?

딸의 문자에 정신이 들어 시간을 확인했다. 삼십 분째 휴게소 주차장에 있었다.

— 어, 휴게소야. 천안.

— 난 쇼핑 목록 적는 중임! 안전운전하셔요.

서울까지는 한 시간 반쯤 남았다. 서울 도착하면 둘이서 여행에 필요한 물품을 사러가기로 했다. 7일간 일정이라도 챙길 게 많았다. 광고회사에 다니는 딸은 해외출장이 잦았다. 일본, 중국, 동남아시아는 번갈아 한 달에 한번 꼴로 나가고 유럽 쪽도 가끔 나갔다. 나는 이번 딸의 출장길에 따라가기로 했다. 여자애 혼자 멀리 내보내는 게 걱정이 됐고 그 핑계로 나도 해외에 나가보려는 사심도 충분히 들어갔다. 내가 왕복항공료만 보태면 숙박이랑 먹는 건 다 딸이 해결해줬다. 이번 출장지는 스페인이었다.

희주 인스타그램을 보니 그녀 또한 해외 여행지에서 찍은 사진이 드문드문 보였다. 보험영업 실적이 좋아 상을 받았다는 자랑도 덧붙였다. 역시나 2년 연속 우수FD로 뽑혀 드레스 차림에 표창장을 받는 사진도 올려놨다. 야자수와 시푸른 바다를 배경으로 찍은 사진은 눈이 다 부셨다. 빨간 고급 외제차를 타고 선글라스를 낀 사진도 보였다. 사진 속 희주는 성공한 커리어우먼이었다. 동창들은 그런 희주를 부러움 반 아니꼬움 반이 섞인 말투로 씹어댔다. 나는 희주를 떠올릴 때마다 해감이 덜 된 조개를 입에 넣은 것처럼 찝찝함이 느껴지곤 했다. 그건 오래 전 그녀와 함께 보낸 시간 중에 각인돼버린 칙칙한 기억 때문이라고 나름 유추했다. 내가 희주를 만나지 않은 이유기도 했다. 너무 오랜 기억은 본질을 왜곡하기도 했다.

그날 나는 야간자습을 빼먹고 헌책방으로 향했다. 주인집 딸이 훔쳐간 맨투맨과 수학정석이 아직 안 팔렸기를 바라면서 육교를 뛰어올라갔다. '기본이 안 됐어. 너 같은 건 내 수업 들을 자격 없으니 당장 나가!' 야간자습시간에 수학선생님이 나를 복도로 내쫓았다. 책을 도둑맞은 게 기본하고 무슨 상관이라는 건지. 헌책방은 큰길 육교 건너서 골목 안쪽에 있었다. 헌책방 문이 닫히기 전에 가야 했기에 바쁘게 육교 계단을 오르는데 뒤에서 누군가 소리쳤다.

— 야, 어디가?

돌아보니 상고커트에 짧은 주름치마를 입은 희주였다. 만날 비슷한 것들이 떼로 다니더니 오늘은 웬일인지 희주 혼자였다. 여럿이 무리지어 몰려다닐 땐 뭔가 그럴듯해보였는데 덩그마니 혼자 서 있는 희주는 볼품이 없었다. 그들이 몰려다닐 수밖에 없는 이유를 알 것 같았다.

— 내 참고서 찾으러.

나는 손에 쥔 꼬깃꼬깃한 지폐를 보여줬다.

— 그래? 같이 가자.

웬걸 희주가 앞장섰다.

— 낮에 가지. 이 밤중에 그런 델 왜 혼자 가냐?

잔소리까지 보태면서 걸었다. '누가 따라오래?' 하고 목구멍까지 튀어나오는 말을 그냥 안으로 도로 삼켰다.

육교를 건너 골목 안쪽으로 들어서니 초등학교 후문이 나왔다. 후문 담장 맞은편으로 문구점과 분식점, 헌책방 같은 처마 낮은 상점이 줄줄이 맞붙어 있었다. 문구점과 분식점 간판불은 꺼졌고 헌책방은 간판만 희미하게 켜져 있는데 안은 컴컴했다. 희주가 헌책방 유리문을 탕탕 두드리며 소리쳤다.

— 씨발, 아홉 시도 안 됐는데 벌써 문을 닫냐고?

나는 난동을 부리는 희주를 말렸다.

— 오늘은 그냥 가자. 낼 다시 오면 돼.

내가 희주 팔을 잡아끌자 희주는 헌책방 문을 향해 발길질을 몇 번 해대고 침까지 뱉었다. 나는 그런 희주를 두고 골목 안쪽으로 빠르게 걸어가버렸다.

— 야! 그쪽 아니야.

희주가 뒤따라오며 소리쳤다. 나는 희주와 멀어지고 싶은 마음에 길도 모르면서 뛰듯이 걸었다. 이대로 계속 걷다보면 큰길로 향하는 골목이 나올 거라고 생각했다. 골목은 초등학교 담장으로 둥글게 굽어지며 주택가로 이어졌고 큰길과는 점점 멀어졌다. 학교 맞은편으로 주택들이 돌아앉아 있어 골목은 한적하고 세상 고요했다. 넝쿨장미가 낮은 학교 담장을 한창 타넘고 있었다. 담장 옆에 바짝 붙어 걸어가는데 진한 장미향이 풍겨났다. 멈춰서서 장미꽃을 코끝에 가져다댔다. 아얏, 장미가시에 그만 손가락을 찔렸다. 검지에 피가 맺혔다. 다친 손가락을 꾹 눌러 피를 뽑아냈다. 살짝 찔린 거 같은데도 통증은 깊었다. 그때였다. 장미향에 섞인 누릿하고 퀴퀴한 냄새가 느껴졌다. 고개를 들었을 때 언제 몰려왔는지 눈앞에 시커먼 몇이 나를 에워쌌다. 그들은 내 양팔을 재빨리 꿰차더니 범인을 연행하듯 단단히 결박했다. 나는 놀라 소리조차 내지 못했다.

— 조용히 따라갈래?

변성기로 갈라진 남자 목소리였다.

— 어, 어디로요?

나는 끌려가지 않으려 발끝으로 버티며 물었다.

— 저쪽으로, 잠깐 물어볼 말이 있으니까 암말 말고.

그렇게 내가 끌려간 곳은 초등학교 운동장 구석이었다. 사방이 컴컴한 거기에 몇 명이 나를 둘러쌌다. 어두워서 몇 명인지 또 누구인지 알 수가 없었다. 나는 도움을 청하려고 주변을 둘러봤지만 흔한 불빛 하나 보이지 않았다. 시커먼 무리 중 하나가 내 손을 거칠게 잡아끌었다. 나는 끌려가지 않으려고 버티다가 흙바닥에 엎어졌고 그대로 질질 끌려갔다. 그때, 학교 정문 쪽에서 카랑카랑한 목소리가 어둠을 갈랐다.

— 어이, 그만들 하지!

그 목소리는 바로 희주였다.

— 저건 또 뭐냐?

약속이라도 하듯 무리가 동시에 정문 쪽을 향해 내뱉었다.

— 씨발아, 걔는 놔줘라.

몸집도 작은 희주가 겁도 없이 학교 안으로 빠르게 걸어들어왔다. 희주의 등장에 내 손목을 잡은 손이 풀어졌고 나는 이때다 하고 죽을힘으로 교문을 향해 도망쳤다. 희주도 뒤따라올 거라 믿었다. 희주는 나보다 달리기도 잘했으니까. 욕도 잘하고 쌈도 잘했고….

그날 희주는 내가 잠들 때까지 집에 오지 않았다. 아침에 눈을 떠보니 옆에 희주가 새우처럼 등이 굽어 누워 있었다. 눈두덩이 붓고 입술이 터져 있었다. 내가 아침밥을 차려놓고 집을 나올 때까지 희주는 누워 있었다. 아무리 제멋대로인 희주지만 학교를 결석한 날은 없었는데 그날 희주는 학교에 안 왔다.

판교 테크노밸리를 지나고 있을 때 전화가 왔다. 여고동창회장 K였다.

— 희주가 죽었대. 들었어?

— 어, 아까 동문밴드에서 부고 봤어.

— 무슨 이런 일이 다 있냐 그래.

K가 한숨을 내쉬며 말했다.

— 너는 문상 갈 거지?

K는 내가 희주 장례식장에 갈 거라고 단정지어 말했다. 순간 기분이 확 상했다.

— 나 지금 서울 가는 길이야. 낼 일찍 출국해. 딸이랑.

— 아, 그렇구나.

— 그리고 나 희주랑 별로 안 친했어. 졸업하곤 한번도 안 봤고.

— 그래? 몰랐네. 둘이 친척인 줄 알았어. 희주가 니 얘길 많이 했거든.

— 걔가? 내 얘길 어떻게 했는데?

내 말투가 날카로웠는지 K는 잠깐 머뭇거렸다.

— 별 얘긴 아니고, 너랑 여고 때 자취한 거랑 그때 니가 순하고 착했다고…, 아 그리고 실은 너 작년에 책 냈을 때도 희주가 백 권 사서 동문회에 기증도 했어.

— 뭐라고? 그거 동문회가 후원한 거 아녔어?

— 그땐 희주가 비밀로 하래서 말 안 했어. 이젠 해도 될 거 같네.

나는 차를 갓길에 세웠다. 차창을 내리고 숨을 골랐다. K의 말을 듣다가 이유 없이 화가 치밀어 견딜 수가 없었다.

— 너 키스 해봤냐?

어느 날인가, 새벽녘에 술에 취해 들어온 희주가 아직 잠결인 내게 물었다. 담뱃내와 화장품인지 향수가 뒤섞인 낯선 냄새에 나는 눈을 꽉 감아버렸다.

— 큭, 해봤겠어? 등신같이,

자꾸만 막나가던 희주는 내 자취방에서 1년을 채우지 못하고 따로 방을 얻어 나갔다. 희주가 떨어져 나가게 된 건 엄마의 결단이 컸다. 2학기 치른 내 기말고사 성적이 전교 10위권 밖으로 떨어진 게 화근이었다. 고향집으로 배달된 성적표를 본 엄마가 기별도 없이 목포에 왔다. 희주는 매일 밤 늦도록 영화관이나 음악다방을 돌다 새벽녘에야 들어왔고 학교도 툭하면 결석했다. 엄마가 올라온 날도 희주는 술에 취해서 새벽에 들어왔다. 엄마는 그런 희주에게 도대체 뭐가 되려고 이 모양이냐고 잔소리를 했고 희주가 참지 않고 대들었다. 기가 막힌 엄마는 희주엄마에게 이 사실을 낱낱이 알렸다. 희주엄마는 되레 엄마에게 화를 냈다. 남의 자식 흉 함부로 보는 거 아니라며. '아니 딸년이 저 모양이면 때려서라도 사람 되게 만들어야지. 지 딸이 뭔 짓을 하고 다니는지 알면서도 저런 말이 나와?' 엄마는 분이 나서 희주엄마에게 마구 퍼부어댔다. 그 일로 친자매 같던 엄마와 희주엄마 사이도 금이 갔다.

비린내 질펀한 뒷개로 방을 얻어나간 희주는 남은 2년을 불안불안하게 다녔다. 나는 교정에서 희주를 만나면 피했고 희주도 그런 나를 못본 척 지나쳤다. 희주엄마는 우리가 졸업반이던 여름 돌아가셨다.

지병이 깊어졌고 예견된 죽음이긴 했다. 엄마는 몹시 슬퍼했으며 나와 희주 일로 다투고 끝내 화해하지 못한 걸 두고두고 후회했다. 우리는 이듬해 졸업식장에서 희주를 마지막으로 봤다. 그때는 졸업생이 모두 한복을 입고 졸업식에 참석했다. 희주는 그날 연분홍 한복을 입고 있었다. 생전에 희주엄마가 입었던 한복이라며 식장을 찾은 엄마가 한눈에 알아봤다. 졸업식을 마치고 엄마가 희주에게 점심을 같이 먹자고 했지만 희주는 약속이 있다고 거절했다. 우리는 택시를 타고 식당으로 가는 길에 희주를 보았다. 약속이 있다던 희주는 혼자서 거리를 터벅터벅 걸어가고 있었다. 연분홍 한복을 입고 제법 긴 머리를 올려 묶은 희주는 멀리서 봐도 예뻤다. 나는 흔들리는 택시 안에서 희주를 숨죽여 바라봤다.

작가가 꿈이던 나는 지방대학 국문학과를 나와 대학선배와 일찍 결혼했다. 결혼하고는 쭉 전업주부로 지냈고 두 아이를 낳아 기르다 보니 어느 덧 마흔 후반이 되었다. 서울에서 대학을 졸업한 딸은 대기업에 취업했고 대학 1학년인 아들은 작년 겨울에 입대했다. 공무원 남편은 남들보다 승진도 빨랐고 변함없이 자상했다. 그런 남편의 전폭적인 지원으로 나는 원했던 소설을 쓰면서 전업작가로 살고 있다. 벌써 다섯 권의 책을 냈고 지역의 크고 작은 문학강연에 불려나가고 지역신문에 작가칼럼을 쓰면서 그럴 듯한 작가행세를 하며 지낸다. 모교를 빛낸 동문 명단에도 이름이 올랐다. 나름 성공한 삶이었고 주변의 부러움을 받는 만족스런 나날이었다. 적어도 희주가 뜬

금없이 여고동문밴드에 가입하기 전까지는 그랬다.

작년 봄께 다섯 번째 소설집『1989 목포』가 나올 무렵 희주가 모습을 드러냈다. 내 기억 속에서 까맣게 지워진 그녀였기에 반가움보다는 놀라움이 더 컸다. 동문밴드에 다섯 번째 출간 소식을 올리자 희주가 가장 먼저 반가움을 남겼다. '우와, 멋지다! 여고 때 책만 붙들고 살더니 마침내 작가가 되셨군! 축하해!' 나는 희주의 댓글에 일절 반응을 하지 않았다. 솔직히 당장이라도 여고동문밴드를 탈퇴하고 싶었다. 내가 책을 낼 때마다 동창들이 축하자리를 마련해줬다. 희주도 그 자리에 나올 게 분명했다. 어떤 핑계로 출판회를 거절할지 고민하던 차에 코로나19 전염병이 확산되면서 행사가 취소되었다. 희주는 동창들과 연락하고 자주 만나는 듯했다. 전망 좋은 카페나 식당에서 찍은 사진이 간간이 밴드에 올라왔다. 희주는 여고 졸업 후 중소기업에 취업했다고 한다. 직장에서 만난 남자와 일찍 살림을 차렸는데 얼마 못 살고 헤어졌고 지금껏 혼자 딸 하나를 키우며 보험회사에 다닌다고 했다. 그녀가 보험영업을 잘해서 돈을 제법 모았다는 말도 들렸다. 얼굴을 싹 갈아엎었고 몸뚱이로 영업을 한다는 소리를 수군거릴 때는 괜히 내 얼굴이 달아올랐다.

졸음쉼터에 차를 세우고 희주의 인스타그램을 찬찬히 열어보았다. 작년에 출간한 내 소설집『1989 목포』표지 사진이 보여서 얼른 터치했다. '희주가 작가 사인 받겠다고 엄청 들떴었는데 망할 코로나로 축하행사가 취소됐지 뭐야.' 동창회장 K는 내가 듣고 싶지도 않은 얘기를 작정한 듯 쏟아냈다. '넌 어떨지 몰라도 희주는 너를 많이 보고 싶어하더라. 소설책에 실린 니 사진보고는 너 아닌 것 같다면서 미친 듯이 웃었어. 분명 사진빨일 거라면서 자기가 직접 확인해야겠다고 했고, 소설에 자기 얘기 안 넣었으면 가만 안 놔둘 거라고도 했어. 글쎄 걔가 니 책을 단숨에 읽었대. 상상이 되니? 책이라면 냄비 받침으로나 쓰는 줄 알던 애였잖아.'

봄꽃 알레르기가 다시 시작되는 줄 알았다. 눈앞이 뿌예지면서 콧물이 흘러내렸다. 티슈로 콧물을 닦으며 딸에게 전화를 했다.

— 갑자기 친구가 죽었다네. 꼭 가봐야 할 거 같애. 이번엔 너 혼자 다녀와야겠다.

딸은 순순히 알겠다고 했다.

나는 차를 돌려 목포로 향했다. 내 기억은 1989년 목포의 잿빛시간 속으로 거슬러 가고 있었다. 그해 겨울은 지독히도 추웠다. 섬에서 갓 올라온 열일곱 살, 아직은 어렸던 우리에게 타지에서의 삶은 섦고도 고단했다. 유달산 기슭 따개비처럼 들러붙은 산동네에서 희주와 나는 자기만의 방법으로 악착같이 살아내야만 했다. 잔금 간 시멘트벽으로 새어 들어온 연탄가스에 매스꺼움과 두통을 항상 달고 살았고 자다 깨면 서로의 생사를 확인하곤 했다. 새벽이면 울리는 청소차 음악소리에 연탄재 담긴 통을 들고 나가기 싫어 서로 미루다가 주인집 아저씨에게 잔소리도 많이 들었다. 그때만큼은 우린 한편이었다. 피아노 건반을 한번도 만져보지 못하고 자란 우리는 음악 실기시험으로 바이엘53번을 연주해야 했다. 그때도 희주와 나는 한편이 되어 음악선생님을 신나게 저주했다.

그러고 보니 우리가 한편인 적이 꽤나 있었다. 첫해 봄소풍 갔던 날 희주가 전교생 앞에서 〈해변의 여인〉을 구성지게 불렀을 때 얼마나 자랑스러웠는지 모른다. 희주는 춤도 잘 춰서 체육대회 때 자기 반 응원단장으로 활약해 인기를 끌었다. 수줍음 많던 나에 비해 희주는 쾌활하고 적극적이었다. 나는 그런 희주가 부럽기도 했다. 반면 희주는 내가 각종 백일장에서 상을 휩쓸 때면 엄지를 추켜 세워줬다. 언젠가 내가 문교부장관상으로 받은 커다란 트로피를 놔둘 곳이 없어 바깥마루 구석에 내놨는데 희주가 들고 들어와 제 책상에 올려놓았다. 책상 위 트로피는 희주가 따로 방을 얻어 나갈 때쯤 세 개로 늘어 있었다.

나는 해거름에야 장례식장에 도착했다. 여기까지 달려오긴 했지만 안에 들어갈 엄두가 나지 않았다. 도무지 나는 그녀 죽음이 믿어지지 않았다. 사실은 저 안에서 희주의 영정을 보는 게 두려운 거였다. 영정을 마주한 순간 희주의 죽음은 기정사실이 되고 말기에 더 그랬다. 나는 그렇게 차 안에서 대책 없이 앉아 있었다. 어둠은 빠르게 지상으로 내려와 구석구석으로 스며들었다. 주변 가로등이 하나 둘 켜지고 있었다. 멀리 유달산이 이 도시의 거대한 방패인 양 든든하게 서 있고 산허리께로 난 일주도로를 따라 주홍빛 가로등이 조등처럼 기다랗게 내걸렸다.

고등학교에 들어간 첫해 여름이었다. 목포대학교에서 주최하는 백일장이 유달산 조각공원에서 있던 날 문예반이던 나는 학교 대표로 백일장에 참가했었다. 시제가 발표되고 원고지를 채워나가다가 무심코 고개를 들었을 때였다. 언제 왔는지 내가 앉은 자리에서 올려다보이는 바위에서 희주가 나를 내려다보고 있는 게 아닌가. 희주는 나와 눈이 마주치자 손을 흔들었다. '어? 너도 글 쓰게?' 내가 의아한 표정으로 물었더니 그녀가 킬킬대며 '미쳤냐? 니가 제대로 쓰나 감시하러 왔지' 했다. 두 시간 동안 희주가 꼼짝 않고 감시한 덕분에 그날 장원은 나였다. 커다란 유리 케이스에 담긴 도금된 트로피를 들고 의기양양 일주도로를 내려오면서 제 일처럼 좋아하던 희주를 떠올리자 다시금 눈앞이 흐려졌다. 나는 더는 지체할 수 없어 몸을 일으켰다.

장례식장은 병원 뒤편 건물 지하에 있었다. 계단을 따라 천천히 내려가니 지하 1층 정면에 커다란 전광판이 조문객들을 안내했다. '고인 조희주 201호실' 전광판에서 희주 이름을 발견했을 때 가슴이 쿵 무너지면서 현기증이 일었다. 상주는 그녀의 외동딸 하나뿐이었다. 빈소 입구에는 희주가 다닌 보험사와 동문회, 그리고 그녀가 생전에 몸담았던 여러 단체에서 보낸 근조화환이 길게 세워져 있었다. 접객실 테이블에 먼저 온 문상객이 드문드문 검은 꽃으로 꽂혀 있었다. 마침내 나는 희주 영정 앞에 섰다. 인스타그램에서 봤던, 희고 가지런한 이를 드러내고 환희 웃는 사진이었다. 영정사진에 드리워진 검은 리본은 그녀가 엄마 올 때면 곱게 접어 신었던 메이커 양말만큼이나 어색했다.

— 술잔을 올리고 싶어요.

나는 그녀 영정 앞에 무릎을 꿇고 술잔을 받았다. 술잔을 든 손이 바르르 떨렸다. 술잔을 올리다가 마침내 무너지고 말았다. 꾹꾹 참아온 울음이 봇물 터지듯 쏟아졌다. 둘이 헌책방에 참고서를 찾으러 갔던 밤이 떠올랐다. 그날 밤 희주는 운동장에 끌려간 나를 구하고 정작 자신은 그들에게 붙잡혔다. '재는 보내줘라.' 나를 잡으러 뒤쫓는 시커먼 녀석들에게 희주가 소리치는 걸 분명히 들었다. '미안해 희주야! 용서해줘.' 아무리 울부짖어도 너무 늦어버린 사죄였다. 한참 울다가 돌아보니 앳된 상주가 영문을 모른 채 섧게 섧게 따라 울고 있었다. 나는 그 아이에게 다가가 들썩이는 어깨를 어루만져주었다. 나는 빈소를 나오면서 준비해간 내 책을 국화더미에 가만히 얹어놓고 나왔다. '희주가 너 만나면 직접 사인 받겠다고 엄청 들떴었는데….' 낮에 동창회장 K가 전한 말이 명치에 걸려 있어 차에서 내릴 때 들고 온 거였다.

빈소를 나와 접객실 구석진 테이블에 앉았다. 장례도우미가 과일과 마른안주와 수육이 담긴 접시를 내 앞에 내려놓았다. 내가 밥을 먹지 않겠다고 했더니 고개를 끄덕이고 돌아갔다. 오랜 시간 운전한 피로감이 한꺼번에 몰려들었다. 나는 의자등받이와 맞닿은 벽에 몸을 살짝 기댔다. 간간이 조문객이 장례식장 안으로 들어왔다가 나갔다. 그들은 죄인처럼 구겨진 표정으로 빈소에 들어갔고 얼마 후 같은 표정으로 그곳을 나왔다. 저들은 희주와 어떤 인연으로 여기까지 왔을까 궁금했다. 저들과 마주하고 밤새도록 이야기를 나누다보면 희주가 걸어온 고단한 자취가 또록또록 드러날 것도 같았다.

그만 자리에서 일어났다. 장례식장을 나오다가 분향소 쪽으로 고개를 돌려 희주 영정사진을 한번 더 바라봤다. '안녕, 희주야.' 마지막으로 인사하고 그곳을 나왔다. 1층으로 난 계단을 걸어 올라오는데 뒤에서 누가 불렀다. 검은 상복차림의 희주 딸이었다. 그녀는 붉게 부어오른 눈으로 내게 허리를 꾸 숙여 인사했다. 가만 보니 그녀 손에 『1989 목포』가 들려 있었다. 내가 영정 앞에 두고 온 책이었다. 금세라도 울음이 터질 듯 서 있는 여리고 작은 그녀에게서 오래 전 우리 졸업하던 날 연분홍 한복을 입은 희주가 스쳐갔다. 나도 고개를 숙여 답례하고 계단을 올라오면서 책 속표지에 적은 문장을 참회하며 읊조렸다.

'희주야, 지난 날 내 비겁함에 용서를 빈다.'

어둠은 한층 깊어졌고 눈앞에 보이는 유달산 가로등 불빛이 손에 잡힐 듯 가까워보였다. 차를 몰아 유달산을 향해 달렸다. 그러고 보니 오랜만에 목포를 찾았다. 아마 10년은 더 된 것 같았다. 그간 목포에 올 일이 몇 번 있었으나 그때마다 이런저런 핑계를 만들어 피했었다. 그 사이 도시는 몰라보게 변해 있었다. 역 앞과 오거리 확 트인 도로와 불쑥불쑥 솟은 낯선 건물들을 볼 때면 당혹감마저 들었다. 내가 다녔던 여고 앞을 지나다보니 일제식 벽돌건물을 허물고 말끔하게 새 건물이 올려졌다. 두 눈을 감아도 손바닥 안처럼 훤하던 그 시절 목포는 이제 내 기억 속에만 남아 있었다. 어쩌다가 길을 잘못 들고 말았다. 굳이 유달산에 가야 할 이유는 없었기에 그대로 계속 달렸다. 한참을 달리다가 바다가 가까이 있음을 알았다. 열린 차창으로 들어오는 밤공기에서 건건하면서 비릿하고 또 습습한 것이 느껴졌다.

구멍

구멍

창문이 어정쩡하게 열려 있다. 빼꼼 열린 문틈으로 밤바람이 조심스레 들락거렸다. 올 여름은 길었고 지독스레 뜨거웠다. 추석 지낸지가 한 달인데도 가을은 어디쯤인지 소식이 묘연하다. 한낮엔 여전히 찜통이었다가 밤이 되면 창문 틈으로 귀뚜리 소리 가늘게 들려왔다. 인문학관 2층 강의실에는 열댓 명이 듬성듬성 자리를 채우고 앉아 글을 적느라 고요했다. 사각사각 펜 굴리는 소리와 이따금 책장 넘기는 소리만 흘러나왔다. 나는 창가에다 바싹 의자를 끌어다놓고 창밖 쪽으로 몸을 돌려앉아 어둠 깔린 캠퍼스를 내려다봤다. 가로등 불빛을 받은 벚나무 이파리가 한 잎 한 잎 붉고 노랗게 익어갔다. 뒷산 골짝 어딘가에서 안개가 의뭉스럽게 흘러내리는 밤이었다. 밤이 깊어질수록 어둠도 짙어진다는 빤한 사실이 오늘 따라 새삼스러웠다. 아까부터 재킷 호주머니에서 간헐적인 떨림이 전달되었다. 굳이 꺼내보지 않아도 엄마라는 걸 알고 있었다. 이 밤에 엄마는 또 무슨 일로 저리 떨고 있을까.

“아매도 올 지녁을 못 넘길 거 같어.”

강의실을 나오면서 휴대전화를 꺼내 열자 엄마 목소리가 터진 주머니 속 모래알갱이처럼 주르륵 흘러나왔다. 매번 되풀이되는 상황에 한숨만 나왔다.

"아가, 안즉 오지 말어야. 내 연락하면 그때 오이라."

그때라, 엄마가 말하는 그때가 언제쯤일까. 엄마는 달포 전 내가 고향에 다녀간 게 여전히 맘에 걸렸던 모양이었다.

그날도 꼭 이맘때쯤 엄마가 전화를 했었다. 강의 마치고 나오면서 전화를 걸었을 때 '아가, 아가…' 그렇게 울먹이며 말을 잇지 못했다. 엄마 목소리는 늦가을 감나무 가지 끝에 달린 홍시마냥 위태위태했다. 그날 밤 전화를 끊고 그 길로 차를 몰아 고향으로 달렸다. 중부고속도로를 달려 통영선착장까지. 자정 넘은 시각인데도 여섯 시간은 족히 걸리는 거리였다. 새벽녘 어두컴컴한 선착장에 닿아서도 두어 시간 더 기다렸다가 첫 배를 타고 섬에 들어갔다. 벌써 몇 번째 달음질인지 모른다.

그는 이번에도 고비를 잘 넘겼다. 보건소장이 다녀간 뒤로 열이 내리고 퉁퉁 부었던 손발은 다시 앙상해졌다. 의식이 돌아오자 그는 짓무른 눈꺼풀을 움직이려고 기를 썼다. 눈썹 끝이 하얗게 세고 눈동자는 상한 생선 눈알처럼 탁했다. 눈물이 진액처럼 빠져나와 눈가에 고인 채 부득부득 말라갔다. 어찌 보면 말 한마디 못하고서 숨만 겨우 붙어 있는 지금이 그에겐 고통이고 형벌이었다. 엄마는 내가 또다시 헛걸음한 게 속상한 모양이었다. 좀 더 신중하지 못한 자신을 몹시도 자책했다.

"글타고 오밤중에 달려오고 그러냐. 너도 차암…."

부엌에서 우물로 심지어 뒷간까지 내 뒤를 졸졸 따라다니며 엄마는 잘못을 비는 아이처럼 계속 미안하다고 말했다.

"요 매칠 물만 겨우겨우 넘겼어야. 팔다리가 송장 맨치로 뻣뻣해 가꼬 곧 죽을 거 같드만…."

어쩌다 엄마는 매번 '늑대다!'를 외치는 양치기 소년이 된 걸까. 밤새 그 먼 길을 달려온 나를 봐서라도 그가 깨어나지 말았어야 했다.

"엄마가 고생이야."

나는 삭정이 같은 엄마 손을 감싸쥐며 이번에도 거짓말한 것을 용서해줬다.

"안즉은 오지 말어. 내 말 알겄재?"

엄마 목소리는 전화기 저편에 간당간당 매달려 있었다. 전화를 끊고 차에 탔다. 통화가 길지 않았는데도 주차장은 텅 비었다. 캠퍼스 주차장을 빠져나오다 차창 너머로 올려다본 하늘에 열엿새 달이 덩그마니 떠 있었다. 검은 천 둘러쳐진 밤하늘에 둥그렇고 창백한 구멍 하나 뚫려 있었다. 한 달에 한번 하늘은 제 몸에 상처를 내어 저렇듯 둥글게 구멍을 만들었다. 휘영청 밝고 환한 구멍! 언제부턴가 나는 달을 보면 탈출을 꿈꾸었다. 가엾고 슬픈 기억으로부터의 탈출! 저곳으로 빠져나가면 지금과는 사뭇 다른 딴 세상이 펼쳐져 있을 것만 같았다.

도심을 벗어나자 달이 더욱 빠른 속도로 내 차 꽁무니를 따라붙었다. 터널을 통과한 차는 계곡으로 이어진 내리막길을 굴러 내려갔다. 이차선 커브길을 반대편 차선까지 물고 달리면서도 브레이크를 밟지 않았다. 다행히도 맞은편 차선은 한산했다. 뒤따라오던 달이 먼저 아파트 주차장에 도착해서 기다렸다.

엘리베이터가 15층에서 멈췄다. 현관문을 열고 들어서자 남편 구두가 잘못 배달된 택배처럼 놓여 있었다. 남편은 거실 맨바닥에 홑이불을 둘둘 감아 덮고 누워 티브이를 켠 채로 잠들었다. 연우 방에 불이 꺼져 있다. 벌써 잠든 모양이었다. 방문을 열어 잠든 아이를 확인하고 소리나지 않게 문을 닫았다. 베란다 창으로 내다보이는 밤하늘은 달빛이 번져 희붐했다. 그렇게나 나를 따라붙던 그 달은 어디로 갔는지 보이지 않았다.

욕실에 들어가 뜨거운 물을 틀어 샤워를 했다. 출근길 신호에 걸릴 때마다 바쁘게 찍어바른 파운데이션은 자취도 없고 주근깨 선명한 맨얼굴과 마주하니 민망했다. 입술은 틈날 때마다 잘근잘근 물어뜯어 불룩하게 부어올랐다. 샤워기를 열어 몸을 씻었다. 서른아홉, 벗은 몸이 앙상하고 음침했다. 부드러운 물줄기가 얼굴과 목선을 따라 가슴을 적시고 아랫배를 타내려 거웃 무성한 속으로 빨려들었다. 비누칠을 하지 않고 따뜻한 물줄기를 오래오래 맞는 것만으로 위로가 되었다.

남편은 지난 추석 때 집에 들르고 한 달 만이다. 왜 왔을까. 연우가 오라고 한 걸까. 마른 수건으로 몸을 타내리는 물기를 닦으면서도 거실 바닥에 잠든 남편이 자꾸만 거슬렸다. 얼굴에 스킨로션을 바르고 잠옷을 꺼내 입었다. 거실에 뒹구는 불청객만 아니라면 헐렁한 티셔츠 하나만 걸쳤을 것이다. 안방을 나가려다 화장대 거울 앞에 바짝 다가섰다. 주근깨가 내 얼굴을 샬레 삼아 증식을 시작했다. 까만 점이 눈에 띄게 늘었고 눈 밑 다크서클이 고집스레 자릴 잡았다. 파우더 퍼프로 토닥토닥 두드리니 얼굴색이 금세 하얗게 핀다. 대조적으로 거무죽죽한 입술이 더욱 도드라져 흉했다. 립글로스를 꺼내 살짝 발라보았다. '아, 내가 지금 뭘하는 거지?' 바로 티슈를 뽑아 입술을 박박 지워버렸다.

커피를 마시려고 전기 포트에 물을 올렸다. 시계바늘은 자정을 지나고 있었다. 물이 끓는 사이 재킷 주머니에서 휴대전화기를 꺼내 들여다봤다. 강의실을 나와 엄마와 통화한 이후로 전화기 액정은 잠잠했다. 나는 커피 대신 냉장고에서 캔맥주를 꺼내 땄다.

그는 5년 전 뇌졸중으로 쓰러졌다. 그가 쓰러진 날 담당의사는 살아날 가망이 십 프로도 안 된다며 절망적인 얼굴로 말했다. 하지만 두 차례 수술 후 그는 살아났다. 수술실을 나온 의사는 수술이 성공적이었다며 자랑하듯 말했으나 엄마와 난 그 의사를 원망했다. 저렇게 겨우 숨만 쉬게 살려놓을 거라면 차라리 구십 프로 절망이 선물이었다. 그는 쓰러진 지 넉 달 만에 장애2급 판정을 받고 집으로 실려 들어갔다. 그리고 지금까지 누운 채로 먹고 자고 똥만 싼다. 무엇보다 엄마가 걱정이었다. 5년이나 환자 수발을 들다보니 엄마 몸이 폭삭 삭아버렸다. 당뇨와 고혈압에 선천적으로 심장이 안 좋아서 약을 달고 사는 엄마였다. 그런 엄마가 혼자서 오랜 시간 중증환자를 돌보는 일은 무리였다.

엄마의 심장병이 도진 건 이 집에 들어오고부터였다. 술에 취하면 괴물로 변해 손찌검을 해대고 살림살이를 부수는 그로 인해 엄마의 심장이 멍들고 쪼그라들었다. 가뜩이나 작은 몸이 삐쩍 마르고 구부정했다. 옷을 사도 몸에 맞는 게 없어 수선해서 입어야 했고 몸빼바지는 허리가 흘러내리지 않게 끈으로 질끈 묶어야 했다. 얼굴에서 목까지 자글자글 흘러내린 주름에 한 줌도 안 되는 백발을 뒤로 묶은 엄마를 이제 겨우 환갑을 넘겼다고 아무도 믿어주지 않았다.

"그 머리 좀 어떻게 해. 자르든가, 파마를 하든가."

그러면 엄마는 '이게 질 편해야. 그럴 여가 있으면 잠이나 푹 잘란다' 했다.

엄마는 환자에게 매끼 죽을 쒀서 떠먹이고 대소변을 받아냈다. 욕창이 안 생기게 덩치 큰 몸을 모로 돌려 수시로 마사지도 해줘야 했다. 정말이지 누워 있는 환자보다 수발하는 엄마가 못할 짓이었다. 거기다 병원비와 약값을 대느라 농사는 농사대로 지었다. 낮에는 밭일에 지치고 밤에는 환자수발에 잠을 설쳤다. 엄마는 저주받은 운명의 쳇바퀴에 갇힌 한 마리 다람쥐였다. 나라면 하루도 못견디고 나가떨어졌을 일을 엄마는 군소리 하나 없이 해냈다. 밥을 먹다가도 신호가 들리면 숟가락을 놓고 돌아앉아 이불을 들추고 바지를 벗겨 기저귀를 갈았다. 빼낸 기저귀의 똥이 안 묻은 부분으로 항문과 주변을 대충 닦아내고 다시 물티슈를 한 장 뽑아 꼼꼼하게 닦고 또 닦았다. 마무리로 엉덩이에 톡톡 가루분을 두드리고 새 기저귀를 채우는 손놀림이 아기를 다루듯 노련했다. 기저귀를 갈고 나서는 손도 씻지 않은 채 바로 돌아앉아 밥숟가락을 들었다. 밥을 먹는 게 아니라 욱여넣는다는 게 더 어울렸다. 밥을 다 먹으면 돌돌 말아 무릎 밑에 받쳐놓은 똥 묻은 기저귀를 밥상과 함께 들고 나갔다.

안방은 살 썩는 냄새와 환자가 내뱉는 숨내로 찌들어갔다. 독한 항생제와 절망이 뒤섞인 죽음의 냄새였다. 거기다 똥오줌 내까지 섞여 머리가 다 지끈거렸다. 어지간한 비위로는 단 몇 분을 앉아 있기 힘들었다. 자동으로 분사되는 방향제를 선반에 얹어놓고 방 귀퉁이마다 향주머니를 매달아놓아도 냄새는 여전했다. 무엇보다 심각한 것은 골반께 생긴 욕창이었다. 처음엔 살이 벌겋게 짓무르더니 그 다음엔 작은 구멍이 생겼다. 구멍은 새끼손가락이 드나들 정도로 작았다가 하루하루 커졌다. 마침내 어린아이 주먹이 들고 날 만큼이나 컸고 구멍 속은 허옇게 고름으로 채워졌다. 고름은 마치 응고된 돼지기름처럼 보였다. 엄마는 자꾸만 커지는 구멍을 보며 두려워했다.

"저게 얼마나 더 커질꺼나."

우린 서로 말을 안 했지만 저 구멍이 종국에는 그를 잡아삼키고 말거라고 믿었다.

엄마는 그보다 열두 살이나 적은데도 더 늙어 보였다. 언젠가 쭈글쭈글해진 엄마 손을 잡으며 늘그막에 못할 짓이라고 말했더니 피식 웃었다. 내 엄마라서 그럴까. 웃음이 참 따뜻했다. 엄마는 재취로 이 집에 들어왔다. 그의 본처는 딸 둘을 낳고 병으로 죽었다. 아랫동네에서 딸을 키우며 살던 엄마를 가엾게 여겨 큰외삼촌이 주선했다. 신랑 측에서 보낸 가마를 타고 엄마와 내가 이 집으로 왔던 그날의 기억이 어렴풋하게 난다. 아랫마을에서 윗마을로 올라오는 오르막에서 가마꾼 하나가 미끄러지면서 우리가 탄 가마가 휘청했다. 그 바람에 놀란 나는 울음을 터트렸고 엄마가 우는 나를 꼭 안아주었다. 녹의홍상을 차려입고 분칠을 한 엄마가 너무나 낯설어서 나는 더 크게 울었던 것 같다. 내가 예닐곱이던 무렵이어서 그날의 기억은 꿈처럼 가뭇하다.

딸만 둘인 그 집에서는 엄마가 아들을 낳아주길 바랐으나 끝내 대를 잇진 못했다. 씨 다르고 배 다른 언니들은 성장하기 무섭게 섬을 떠났고 이후로 소식을 아주 끊어버렸다. 잠시나마 같이 살았던 그네들을 떠올리기조차 싫다. 그네들은 엄마의 결혼반지를 빼어 우물에 던져버렸고 내가 국민학교에 들어가는 날에 입히려고 장만해놓은 새 옷으로 닭똥 질펀한 마루를 닦았다. 툭하면 엄마가 차려다준 밥상을 엎고 물건을 집어던지며 엄마에게 부아풀이를 해댔다. 엄마와 나는 그들을 무서워했고 그들은 우리를 더러운 병균처럼 피했다. 게다가 새아버지라는 그는 피 한 방울 섞이지 않아서 그런지 내게 차가웠다. 한번도 다정하게 내 이름을 불러주지 않았다. 나는 이 집안에서 이러지도 저러지도 못하고 항상 겉도는 신세였다.

나는 자라면서 친아버지가 궁금해졌다. 하지만 엄마는 내 친아버지에 대해선 지금까지도 입을 꾹 닫았다. 처녀 적에 섬으로 봉사활동을 온 대학생하고 사랑에 빠졌다느니, 아이를 배고 찾아갔다가 미친 여자 취급을 당했다느니, 동네 여자들의 지저분한 수군거림을 엿들은 게 전부였다. 새아버진 평소에 무뚝뚝하고 말이 없다가도 술에 취하면 집안을 뒤집었다. 그의 고함과 엄마의 울음소리, 살림살이가 깨지며 내는 비명으로 집 전체가 덜커덩거렸다. 엄마는 부서질 듯 여린 몸으로 무참히 쏟아지는 폭력을 버텨냈다. 그때마다 나는 컴컴한 내 방에서 이불을 뒤집어쓰고 죽은 듯 잠을 잤다. 아니 자는 척했다. 자고 일어났을 때 엄마가 나를 두고 사라졌을 것 같은 불안에 숨이 쉬어지지 않았다. 그 후로도 나는 무서운 상황을 당하면 죽은 척 나를 꺼버렸다. 그런 날은 어김없이 악몽을 꾸었다.

빈 맥주 캔을 빠지직 구겼다. 그 소리가 너무 컸을까. 거실 바닥에 누워 자던 남편이 팔다리를 크게 버둥거리며 돌아누웠다. 그 바람에 이불자락에 묻혔던 양말 한 짝이 드러났다 나머지 한 짝은 아직 발끝에 걸린 채였다. 저 버릇은 죽을 때까지 고쳐지지 않을 것이다.

3년 전에 남편이 집을 나갔다. 먼저 이혼을 요구한 건 나였다. 남편은 내가 내민 이혼서류에 흔쾌히 도장을 찍어주었고 그러고도 오늘처럼 아무렇지도 않게 집에 불쑥불쑥 찾아들었다. 매달 양육비는 잊지 않고 내 통장에 넣어주고 연우와는 밖에서 자주 만났다. 나는 너무 일찍 남편을 만나 선불리 결혼이란 걸 했다. 그때가 내 나이 고작 스물하나였다. 연애시절에 그는 너무나 다정한 남자였다. 누구나 연애 때는 그랬겠지만 그는 내게서 한시도 눈을 떼지 못했다. 그의 애정은 무조건적이었고 나보다 나를 더 챙기는 사람이었다. 무엇보다 나는 결혼이 최선의 도피처라고 믿었다.

그렇게 시작한 결혼생활은 처음부터 삐거덕거렸다. 아홉 살 많은 남편은 매사 나를 가르치려 들었다. 옷 입는 것부터 말투나 행동거지를 간섭하고 때론 못마땅해했다. 무슨 의심병이 있나 싶게 사람을 꼼짝 못하게도 했다. 하루는 남편이 다른 여자와 속삭이는 걸 들었다. 남편은 자신이 밖으로만 도는 게 순전히 내 탓이라며 오히려 나를 원망했다. 그는 집에만 들어오면 숨막혀했고 한겨울인데도 창문을 활짝 열어젖혔다. 먼지 하나 없는 장식장을 보며 한숨을 내쉬고 문갑 위에 반듯하게 놓인 장식품들을 일부러 흐트러뜨렸다. 나를 향해 '당신은 환자야!' 소리를 칠 때는 어린 시절의 공포가 떠올라 꼼짝을 할 수가 없었다.

남편은 한 달 전 추석에 연우를 데리고 중국에 다녀왔다. 어떤 형태의 여행이었는지 궁금하지 않았다. 그래서 묻지 않았다. 2학기부터는 야간반 강의까지 맡은 데다 환자수발에 지쳐가는 엄마가 걱정이 되어 연우에게 신경쓸 여유가 없었다. 추석에 나는 혼자서 고향에 내려갔다. 혼자 찾은 고향집은 명절이라는 말이 무색하게 집 안팎이 적막강산이었다. 곧 비가 올 것처럼 하늘이 흐리더니 일찍 어두워졌다. 엄마는 저녁도 먹지 않고 교회에 갈 채비를 했다. 엄마의 유일한 위안이 예배당에 엎드려 기도드리는 거였다.

엄마의 기도를 엿들은 적이 있다. 오래 전 아주 추운 겨울이었다. 그날 눈이 엄청나게도 내렸다. 해마다 섬에는 눈이 많이 내리지만 그 해처럼 많은 눈은 이후로도 없었을 것이다. 나는 감기에 걸려 온 몸이 절절 끓고 며칠째 기침을 컹컹거렸다. 하지만 어른 허리께까지 쌓인 눈 때문에 약을 사러 나갈 수도 없었다. 고열과 기침으로 밤새 보대끼다가 겨우 잠이 들었을까. 머리맡에서 나는 염불소리 같은 웅얼거림에 잠에서 깼다. 엄마의 기도였다. 나지막한 노랫소리 같기도 하고 간간이 한숨이 섞인 한탄조였다. 엄마의 기도는 생소하면서도 따뜻했다. 고작 알아들을 수 있는 말은 '아버지…, 주여…, 주시옵시고…' 뿐이었지만 기도는 한참을 이어졌다. 그러다가 뜨거운 무언가 '뚝, 뚝' 내 이마에 떨어지듯 꽂혔다. 나는 이를 앙다물고 눈물을 참아내려고 애를 썼다. 기도의 힘이었을까. 다음날 자고 나니 열이 내리고 기침도 잦아들었다.

"저 인간 좀 데려가라는 기도는 안 해?"

성경책이 든 손가방을 들고 안방에서 나오는 엄마에게 돌멩이를 던지듯 툭 뱉었다.

"그런 소리 말어. 너도 자식 키우잖여."

엄마는 동문서답을 했다. 안방에서 희미하게 숨소리가 들려왔다.

"이러다 엄마가 먼저 갈 것 같아서 그래."

나는 마루에 차려놓은 밥상에 고개를 묻고 젓가락으로 밥알을 깨작거렸다. 엄마는 마루 끝에 걸터앉아 무슨 말을 하려는 사람처럼 한동안 있었다. 엄마가 무슨 말이 하고 싶은지는 알지만 모른 척했다. 하아, 하아, 내쉬는 엄마의 숨소리가 안방 환자보다 거칠었다. 엄마가 매일 먹는 약만 한 줌이었다. 엄마는 우리 부부의 불화를 모른 척

했다. 오 년째 찾아오지 않는 사위를 내놓고 원망하거나 탓할 줄도 몰랐다. 그럴수록 엄마의 심장은 쪼그라들어갔다. 쪼그라든 심장이 형체가 남아 있을까 하는 생각이 들었다. 엄마는 결국 한 술도 뜨지 못하고 교회로 향했다.

어릴 적에 추석날 엄마와 마루에 앉아 송편을 빚었다. 앞동산에 크고 둥근 달이 떠오르면 소원을 빌었다. 송편 빚던 손을 살포시 가슴께 포개고 눈을 감은 채 달님에게 내 소원을 말했다. 엄마는 그런 나를 보며 싱긋이 웃었고 소원이 뭔지 묻지 않았다.

올 추석엔 보름달은 고사하고 해가 떨어지자 바람 스산하게 불더니 빗방울이 흩뿌렸다. 나는 마루에 걸터앉아 바람막이로 쳐놓은 처마 앞 비닐에 떨어지는 빗소리를 세었다. 토독, 톡, 톡,…, 빗소리가 발자국 소리처럼 들렸다. 찾아올 누가 있는 것도 아닌데 빗소리가 또각또각 내 가슴을 찍었다. 옛날에는 제법 컸던 집채가 세월에 닳고 내려앉아 초라하고 옹색했다. 아래채도 헛간도 헐리고 허름한 본채만 남았다. 아무도 돌보지 않는 집은 서서히 그렇게 산 사람의 무덤이 되어갔다.

나는 마루에 웅크리고 누워 눈을 감았다. 그런 채로 깜박 잠이 들었다. 지금은 허물어져버린 아래채에 조그맣고 앳된 내가 잠들어 있다. 그때였다. 시커먼 물체가 성큼성큼 다가오더니 어린 것을 뒤에서 꽉 끌어안았다. 그의 숨소리가 짐승처럼 거칠었다. 찌든 담뱃내와 술냄새가 섞여 참을 수 없게 역겨웠다. '애야, 일어나. 어서!' 나는 아이더러 마구 소리쳤다. 하지만 그 소리는 입안에 갇혀 빠져나오지 않았다. 나는 벙어리처럼 '으으…' 신음만 낼 뿐이었다. 검은 물체가 어린 것을 타고 짓누르기 시작했다.

"어어‥, 으으…."

놀라 눈을 떠보니 꿈이었다. 안방에서는 계속해서 앓는 소리가 들렸다. 내가 마루에서 잠든 사이 그는 기저귀를 빼내 윗목 저만치에 내던져놓았다. 그러고 똥오줌을 싸서 입고 있던 바지와 이부자리가 흠뻑 젖었다. 황당함과 짜증이 한꺼번에 올라와 소리를 질렀다.

"기저귀는 왜 자꾸 빼내는데? 자꾸 그러면 꽁꽁 묶어놓을 거라고!"

나도 모르게 엄마 말투를 흉내냈다. 먹는 거라곤 땅콩가루가 섞인 두유와 검정깨우유 같은 물뿐이라 그런지 매번 묽은 변을 내놓았다. 항문 조임이 헐거워져서도 그렇다고 했다. 임종이 가까워지면 항문이 조금씩 느슨해지다가 완전히 열리면 사망이라고 들었다. 요즘 들어선 부쩍 설사가 잦다며 엄마는 기저귀를 갈 때마다 영혼 없는 목소리로 중얼거렸다. 엄마가 올 때까지 젖은 이부자리와 바지를 그대로 두려다가 내키지는 않았지만 젖은 옷부터 갈아주기로 했다. 일회용 비닐장갑을 끼고 가제로 막아놓은 욕창구멍을 건드리지 않게 조심조심 바지를 벗겨냈다. 다행히 헐렁한 고무줄 환자복이어서 쉽게 벗길 수 있었다. 그러는 사이 설사가 새어나와 요와 사타구니에 묻었다. 물티슈를 빼내어 배설물을 닦아내야 했다. 골반이 다 드러난 아랫도리는 살아 있는 미라였다. 남은 살덩이마저 등창으로 썩어들어가는데 이런 상황에서도 배설물의 불쾌함을 해결하고 싶은 욕구가 남아 있다는 게 아이러니였다.

아이처럼 얌전히 아랫도리를 맡기고 누운 그의 눈은 다행히 감은 채였다. 수치심이라든가 한때 품었을 욕망은 어디론가 빠져나가버리고 그야말로 쭈글쭈글한 살가죽만 남았다. 어제 빨아 말렸다는 이불에서 쿼쿼한 내가 진동을 했다. 나 혼자서 환자를 옮기고 요를 걷어내는 건 무리였다. 바지만 갈아입히고 젖지 않은 쪽으로 몸을 살짝 옮겨주기로 했다. 그때였다. 그가 나를 빤히 보고 있는 게 아닌가. 나는 순간 멈칫했다. 눈을 뜬 것도 같고 감은 것도 같았다.

"뭐, 뭐예요?"

나도 모르게 뒤로 나앉으며 내뱉었다. 그러고 보니 지금껏 그의 눈빛을 마주한 적이 없었던 것 같다. 이 집에 처음 들어온 그날부터 그에게 나는 보기 싫은 혹 같은 존재였다. 그는 해방과 한국전쟁을 거치며 성장한 사람치곤 키나 몸집이 컸고 힘도 장사였다. 그런 그에 비해 엄마나 나는 벌레처럼 나약했다. 그래서일까. 저리 옴짝달싹 못하고 누워 있어도 그와 눈빛을 마주하는 건 여전히 두려웠다.

나는 열여섯에 그 집에서 빠져나왔다. 집을 나온 뒤론 엄마와도 거의 연락을 끊고 살았다. 결혼 소식도 알리지 않다가 연우를 낳으면서 엄마를 찾았다. 지독한 난산이었다. 하룻밤을 끌던 산통으로 태아가 위험했다. 의사는 응급수술을 준비시켰다. 수술실 문턱까지 갔다가 다시 산도가 열리면서 가까스로 자연분만을 할 수 있었다. 난산으로 하혈이 심했다. 그때가 7월 한여름이었는데도 한기로 이를 딱딱 부딪치며 떨었다. 분만실에서 아기와 생사의 고비를 넘나들 때 내가 애

타게 엄마를 부르며 찾았다고 한다. 그땐 왜 그렇게 엄마가 보고 싶었는지 모른다. 엄마는 나를 보러 먼 길을 단숨에 달려왔다. 그동안 남편이 나 몰래 엄마와 연락해온 사실을 뒤늦게 알았다.

십여 년 만에 만난 엄마는 충격적으로 늙어 있었다. 그의 주사와 폭력이 전보다는 많이 줄었다고 했다. 어느 날 본처 딸들이 불쑥 찾아와서 재산을 나눠가져갔다는 사실도 알려줬다. 엄마는 많이 지치고 외로워보였다. 하지만 나는 그 이후에도 그 섬에 들어가질 않았다. 결국 그가 쓰러지고 나서야 고향을 찾았다. 순전히 내 엄마가 걱정되어서였다.

"나, 날 알아요?"

내가 말을 더듬었다. 그의 표정이 모래 위에 그린 얼굴처럼 흐려지지 시작했다. 내 눈빛이 바람이 되어 그이 얼굴을 지워갔다.

"그때, 나한테 왜 그랬어요?"

그가 내 말을 알아들었을까. 눈빛이 흔들렸다. 나는 미처 준비하지 않았던 말들을 거침없이 쏟아내고 있었다.

"당신이 내 인생을 망가뜨렸어! 엄마도 나도 다! 이젠 그만 꺼지라고. 제발…."

맥주 캔을 세 개째 구기고서야 겨우 침대에 누웠다. 캐시미론 이불을 턱까지 바짝 끌어당겼는데 아무런 느낌도 없었다. 차갑고 텅 빈 공간에 발가벗겨진 채로 떠 있는 느낌이었다. 몸속이 텅 빈 듯 허허롭다. 손으로 가슴과 배를 더듬거리며 나를 확인해 보았다. 그러다가 잠이 들었다.

다시 꿈을 꾸었다. 어두운 방에 어린 내가 혼자 누워 있다. 방이 얼마나 크고 깊은지 어둠 때문에 가늠할 수가 없었다. 어둠은 칠흑같이 짙고 아득해서 소름이 끼칠 지경이었다. 언제 왔는지 등 뒤에 시커먼 물체가 들러붙더니 나를 꼼짝 못하게 결박했다. 검은 물체는 아랫도리에서 딱딱한 것을 꺼내어 내 엉덩이에 비벼대며 구멍을 찾았다. 어린 내가 울음을 터트렸다. 그래도 그는 그 짓을 멈추지 않는다. 엉덩이에 구멍이 뚫릴 것처럼 아팠다. 그러다가 딱딱한 거기서 뭔가 터져 나왔다. 비릿한 정액이 어린 것의 엉덩이를 흠뻑 적신다. 아악! 소리를 지르며 잠에서 깼다. 나는 무의식적으로 엉덩이에 손을 가져다댔다. 말짱했다. 잠옷도 팬티도 벗겨지지 않은 채 얌전했다. 커튼 걷힌 안방 창으로 푸르스름한 달빛이 쏟아져 들어오고 있었다. 언제 온 걸까. 먹먹한 하늘에 동글고 창백한 달이 입을 크게 벌린 채 내려다보고 있었다. 나를 삼킬 듯 그렇게.

머리맡에 놓아둔 휴대폰을 열었다. 새벽 두 시가 지나고 있다. 목이 탔다. 물을 가지러 주방으로 나왔다. 거실 바닥에 누워 자던 남편이 보이지 않았다. 화장실 불도 꺼져 있다. 어딜 간 거지? 자다 깨서 돌아간 걸까? 주방 쪽으로 걸어가다가 남편 양말 한 짝이 연우 방문 앞에 놓여있는 걸 보았다. 방문은 빠끔히 열려 있고 불이 꺼져있다. 설마 이 인간이…, 말도 안 될 그림이 그려지면서 신경이 곤두섰다. 심장이 벌렁거리고 머릿속이 하얘지며 몸을 가누기조차 힘들었다. 나는 한 손으로 벽을 짚고 몸을 지탱하고 다른 한 손으로 연우 방문

손잡이를 잡았다. 그때였다. 현관문이 열리면서 남편이 들어왔다. 생담배 연기가 남편을 따라 들어와선 콧속으로 빨려들었다.

"왜 깼어?"

남편은 아무렇지도 않은 천연덕스런 표정으로 신발을 벗으며 거실로 들어왔다.

"나가! 어딜 들어와. 더러워!"

남편을 향해 소리를 질러댔다.

"하아, 또 시작이야? 그만 좀 해. 지겹지도 않냐?"

남편은 한심하다는 표정으로 어깨를 떨어뜨렸다. 늘 그렇듯 비아냥대는 말투로 나를 자극했다.

"나가라고! 꼴도 보기 싫어!"

나는 거실 책장에 꽂힌 책을 손에 잡히는 대로 빼서 남편에게 던졌다. 남편은 책을 피하며 유유히 거실로 들어섰다. 가까이 다가오는 남편에게 주먹질과 발길질로 덤벼들었다. 남편은 유단자다. 순식간에 내 두 팔을 잡아 비틀더니 다른 한 손으로 입을 틀어막았다. 나는 꼼짝없이 결박당해 질질 끌려 안방으로 들어왔다. 남편은 버둥거리는 나를 침대에 내던지고 뒤에서 꽉 끌어안았다. 그런 다음 내 귀에다 바짝 입을 대고 말했다.

"쉬잇! 가만 가만, 얌전히 있어. 당신은 환자야."

"…."

나는 한참을 버둥대다가 힘이 다 빠져서야 그에게서 풀려났다. 얼굴과 온몸이 땀으로 흥건했다. 그렇게 기운이 빠져 잠이 들었다.

다음날 늦잠을 잤다. 연우가 학교에 가는 것도 모르고 잤다. 잠에서 깼을 때 머리는 깨지는 듯 무겁고 몸을 움직일 때마다 '으윽' 소리가 절로 나왔다. 어젯밤에 남편에게 결박당한 일이 떠올랐다. 거실로 나와 보니 바닥에 홑이불이 흐트러진 채 펼쳐져 있고 남편은 가고 없었다. 양말 한 짝은 연우 방문 앞에 그대로 뒹굴었다. 나머지 한 짝은 어디 처박혀 있는지 보이지 않았다. 저녁에 두 시간 강의가 있는데 두통이 이대로 계속된다면 아무래도 힘들 것 같았다. 진통제 한 알을 먹으며 전화기를 확인했다. 아직 부재 중 전화나 문자는 없었다. 남편이 덮었던 홑이불과 거실 바닥에 뒹구는 양말을 둘둘 말아 세탁기에 집어넣고는 소파에 누웠다가 그대로 또 잠이 들었다.

얼마나 잤을까. 연우가 들어오는 소리에 깼다. 시험기간이라 일찍 마쳤다고 했다. 연우는 제 방에서 옷을 갈아입고 있었다. 야무지게 잡아맨 머리끈을 풀자 층을 낸 까만 생머리가 흘러내려 어깨까지 덮었다. 까무잡잡한 피부는 영락없이 나를 닮았다. 하지만 또렷한 이목구비와 길쭉한 체형은 아빠를 쏙 뺐다. 좁은 어깨와 뒷목에서부터 허리까지 흘러내리는 굴곡이 연필로 스케치한 듯 섬세하다. 열여섯 여자아이 가슴은 겨우 자리를 잡느라 도드라져 보일 뿐이나 잘록한 허리 아래는 벌써 여자의 몸이었다. 골반은 단단하게 벌어지고 엉덩이는 알맞게 부풀고 탱글탱글하다.

장난삼아 남편이 연우 엉덩이를 찰싹찰싹 때려대곤 했다. 그럴 때마다 연우는 '하잉' 하고 싫은지 좋은지 모를 애매한 콧소리를 내며 몸을 비틀었다. 남편은 그런 딸이 귀여워 죽겠다는 듯 자꾸만 엉덩이에 손을 댔다. 자주 연우방 침대에서 연우와 엉켜 장난을 쳤다. 연우가 내는 비명을 듣고 뛰어들어가 보면 남편은 연우의 팔다리를 결박시키고 수염이 까끌까끌한 턱으로 연우 얼굴을 문질러대고 있었다. 나는 입에 거품을 물고서 남편을 향해 욕을 퍼부었다. 남편은 그냥 장난치는 거라며 어젯밤처럼 내 입을 틀어막았다. 하지만 그런 장난을 치기에 연우는 많이 자랐다.

"어디 가려고?"

"사진 찍으러."

"증명사진? 집에 있잖아."

"새로 찍으래."

"누가? 아빠가?"

연우는 풀린 머리카락을 손가락으로 빗질해 질끈 잡아묶으며 끄덕거린다.

"엄마, 있잖아. 나 어쩌면 아빠 따라 중국에 갈 거 같어. 한 삼 년 살다올 거래."

연우는 내 시선을 일부러 피하며 말했다.

"뭐라구? 너 엄마랑 사는 거 싫니?"

"그건 아닌데…."

"근데 갑자기 거긴 왜?"

"아빠랑 얘기해. 아빤 엄마도 같이 갔으면 해. 지난 번 중국 갔을 때 우리가 살 집도 봐놨어. 바닷가 근처라 엄마가 휴양하기 좋은 곳이야."

학원에 간다며 연우가 나갔다. 진통제를 먹었는데도 두통이 쉬이 사그라지지 않는다. 이런 상태로 강의를 하는 건 무리였다. 동료에게 대강을 부탁하려고 휴대폰을 찾는데 전화벨이 울렸다. 남편이었다. 통화 버튼을 눌렀다.

"당신, 연우 데리고 어딜 간다고? 도대체 그런 곳에 애를 데려가서 어쩌겠다는 건데?"

"만나서 말하려고 했어. 어젯밤 당신이 제정신이 아니라 말을 못 한 거고."

"혼자서 다 결정한 거 아니었어? 하긴 늘 이런 식이었지. 가든지 말든지 맘대로 해."

남편이 계속 말을 이었지만 더 듣지 않고 휴대폰을 던져버렸다. 휴대폰이 거실 문갑 아래로 들어가버렸다. 그러자 이번엔 집 전화가 울렸다. 받지 않았다. 전화는 수 분 간격으로 끈질기게 울어댔다. 아예 전화선을 빼버렸다. 연우는 어둑해지도록 들어오지 않았다. 학원 마치고 독서실로 바로 간 모양이었다. 책상에다 지폐 두 장을 올려놓고 메모를 남겼다. '피자 시켜 먹어라.'

진통제 한 알을 더 삼키고는 집을 나섰다. 작년 학기부터 시내 외곽에 있는 전문대 시간강사로 나가고 있다. 왕복 세 시간 거리지만 고정적으로 들어오는 유일한 수입이라 승낙을 했다. 올해는 야간반까지 맡으면서 무리가 되긴 했다. 간간히 지역신문사 원고청탁이나 평생교육강사로 뛰면서 푼돈을 받기도 했다. 아직까진 남편이 양육비를 보내주긴 해도 언제 끊길지 모르는 일이었다.

두 시간 연강을 마치고 강의실을 나와서야 휴대폰을 가져오지 않았다는 걸 알았다. 정확하게 거실 문갑 아래로 던져버렸다는 사실도. 그 사이 엄마가 전화를 했을지 몰라 마음이 바빠졌다. 차를 몰아 집으로 내달렸다. 집안에 들어와 문갑 아래에서 휴대폰을 끄집어냈다. 전원을 켜자 역시나 엄마한테서 부재 중 전화가 셀 수 없게 와 있었다. 축축한 불안감이 훅 덮쳐왔다. 엄마에게 전화를 걸려는데 전화벨이 울렸다. 엄마였다. 통화 버튼을 누르는 내 손가락이 바르르 떨렸다.

"어, 엄마야?"

나는 벌써부터 울먹이고 있었다.

"뒷집아재다! 우에 그래 전화를 안 받냐?"

"아재, 저희 엄마는요?"

"새아짐이…, 너그 아부지 따라 가싰다. 언지녁에 두 양반이 나란히 가신 모양이대이. 무신 이런 일이 다 있겠노!"

"아재요, 저희 어, 엄마 좀 바꿔주세요!"

"니 내 말을 몬 알아듣네? 느그 어매아배가 한날한시에 시상 배릿따 안 카나!"

"…."

손에 쥔 휴대폰이 소파에 툭 떨어졌다. 나는 쓰러지듯 거실 바닥에 주저앉았다. 전화는 아직 끊어지지 않았고 겨우 알아들을 수 있게 상대방의 목소리가 들려왔다.

"낼이 출상이대이. 부모님 땅에 묻기 전에 어여 내려오이라!"

엄마가 말하던 '그때'가 지금이었다. 주섬주섬 가방을 챙겨서 차에 올라탔지만 시동을 걸지 못하고 운전대에 얼굴을 묻은 그대로 엎드려 있었다. 어디서부터 잘못된 건지 되짚어보기엔 너무나 멀리 와버렸다. 머릿속은 새하얗고 아무런 생각이 나지 않았다. 그렇게 또 얼마나 시간이 지났을까. 정신을 차리고 보니 맨발이었다. 두리번거리며 차창 밖을 바라봤다. 어젯밤 그토록 환하던 달이 오늘은 보이지 않았다. 먹구름이 밤하늘을 뒤덮었는데 별빛 한 점 없는 온통 칠흑이었다. 그때 적막을 깨고 휴대폰 벨이 울렸다. 남편이었다. 기어이 내 울음이 터져버렸다. 휴대폰 벨은 끈질기게 울리는데 눈물이 번져서 통화 버튼을 찾지 못하고 있었다.

봉암

봉암

드드드드, 진저리치게 익숙한 소음이다. 건너편 엔진공장 우뚝한 굴뚝에서 소음과 함께 정체 모를 연기가 나른하게 피어올랐다. 굴뚝에서 빠져나온 연기는 갯벌에 스며들거나 공단 주변을 유령처럼 떠다녔고 흐린 날은 물안개와 연기가 한데 버무려져 갯벌과 공단의 경계를 지워갔다.

안내사무소 출입문을 열자 쿰쿰한 내가 기다렸다는 듯 덤벼들었다. 앞뒤로 난 창을 활짝 열어 환기부터 시켰다. 어제와 그제 이틀간은 홍 팀장이 근무했다. 홍이 근무하고 난 다음날은 안내소 안이 유난히 탁했다. 더위를 많이 타는 그녀가 종일 틀어대는 에어컨 때문이었다. 폭염주의보가 내린 한여름을 제외하고는 안내소 맞창만 열어놔도 산바람이 불어와 선선한데 홍은 에어컨 바람만 고집했다. 둘이서 이틀씩 교대 근무하는 방식이라 홍과 만나는 날이 많아야 한 달에 두어 번 정도라는 게 그나마 다행이었다. 단체 방문객이 있거나 위에서 시찰이 있는 날은 비번이어도 나와야 했지만 그런 일은 봄가을 합해서 서너 차례에 불과했다.

산 쪽으로 난 작은 창문을 열어젖히니 찹찹하고도 달달한 바람이 안내소 안으로 화르르 쏟아져 들어왔다. 뒷산자락 싸리꽃무더기에 분홍빛이 어룽어룽 번지는 중이었다. 짤막한 봄이 이곳을 스쳐간 유일한 흔적이었다. 컴퓨터 전원을 켜고 한쪽 벽에 붙은 일정표를 확인했다. 이번 주는 단체 예약이 없어 학습동 건물을 열어놓지 않아도 된다. 이른 더위로 탐방객이 눈에 띄게 줄었다. 직원용 조끼를 껴입고 철새탐조대와 영상체험관과 목도 주변을 둘러보러 나왔다. 며칠 전 용역을 불러 대청소를 해서 갯벌 주변은 말끔했다. 뒷산에서 도랑물이 갯벌로 콸콸 흘러들고 있었다. 불어난 도랑물만 아니라면 지난 밤 게릴라성 폭우가 쏟아졌다는 게 믿기지 않을 만큼 갯벌 주변은 감쪽같이 평화로웠다. 갯물이 빠져나가고 속살을 드러낸 갯벌이 아침 햇살을 받아 매끈하게 반짝였다.

오른편으로 봉암교가 손에 닿을 듯 가까웠다. 붉은 색 아치리브 아래로 차들이 바쁘게 지나다녔다. 붉은 저 다리를 사이에 두고 마산과 창원이 나눠진다. 다리가 두 도시의 경계인 셈이다. 기실 갯벌도 여러 것들의 경계였다. 담수와 해수의 경계, 육지와 바다의 경계, 인간과 갯벌생물의 경계, 공단과 생태습지의 경계…. 보이거나 보이지 않는 것들을 선으로 긋고 나누려고 든다면 끝이 없을 것이다. 요즘 들어 연인들이 부쩍 이곳을 많이 찾는 걸 보면 사랑과 이별이라는 또 하나 경계가 생기고 있었다.

— 아줌마, 이거 해골이죠?

점심 지나서 아이 셋이 안내소로 찾아왔다. 근처 연립에 사는 초등 저학년 남자애들이었다. 갯벌에 자주 놀러와서 셋 다 낯이 익었다. 작년까진 여자아이도 하나 끼어 있었는데 요샌 이사를 했는지 보이지 않았다. 가늘고 긴 머리칼을 잡아묶어서 여자애라고 구분할 뿐이지 망둥어처럼 뛰어다니며 하는 짓은 영락없는 사내애였다. 여자애 왼쪽 볼에 손톱으로 긁힌 것처럼 흉터가 선명해서 또렷이 기억한다. 안내소를 찾은 남자애 셋 중 새까만 녀석 하나가 나뭇가지에 희고 둥근 공 같은 걸 끼워서 내 앞에 쑥 내밀었다. 녀석의 앞머리가 길어 눈두덩을 다 덮었고 삐뚤삐뚤 튀어나온 앞니 때문에 입술이 살짝 벌어져보였다. 벌써 여름을 다 지낸 것처럼 팔다리와 얼굴이 까맣게 반질반질했다.

— 니들, 그거 어디서 났어?

— 저어기 물 내려오는 구멍에서요. 이거 해골 맞죠? 사람 해골!

아이들은 자기들이 들고 온 게 진짜 해골인지가 궁금해서 눈빛을 반짝였다. 한눈에 봐도 해골이었다. 어떻게 대답해줄까 잠시 머릴 굴렸다. 셋 중 제일 작은 녀석이 어서 대답하라고 발을 탕탕 굴렀다. 녀석이 내민 물건을 이리저리 살피는 척했다. 그런 다음 일부러 목에 힘을 주어 말했다.

— 이거 가짜야! 플라스틱으로 만든 거네. 거기 두고 가!

내 표정이 감쪽같았는지 아이는 들고 있던 해골을 안내소 바닥에 툭 내려놓고 뛰어가버렸다. 해골이 떼구루루 굴러 발끝에서 멈췄다. 두개골은 작았다. 물에 젖었고 치아가 듬성듬성 남아 있어 섬뜩했다. 애들에게는 태연한 척했지만 발밑에 뒹구는 해골을 보고 있자니 무섬증이 들어 얼른 몸을 일으켰다. 홍 팀장에게 전화로 이 사실을 알렸다.

— 어머머? 뭔 일이래? 소장님께는 내가 보고할게.

홍의 목소리는 해골을 들고 온 아이들보다 들떠 있었다. 늪처럼 고요한 이곳에 가끔씩 터지는 크고 작은 사건은 무료함을 날리는 활력소가 되기도 했다. 장마철에 인근 공장들의 폐수 방류로 수백 마리 숭어 떼가 폐사한 사건이나 큰 비에 갯골 인공섬이 쓰레기로 뒤덮인 일이 그랬다. 작년 가을엔가는 아이들이 탄피를 주워 와서 던지며 노는 것을 홍이 뺏어서 신고한 일이 있었다. 뒷산 쪽에 탄약창과 예비군 사격훈련장이 있는데 거기서 탄피가 유출된 거로 추정했다. 그때도 홍은 지금처럼 호들갑을 떨어댔다. 나는 쭈그리고 앉아서 바닥에 코를 박은 해골을 내려다봤다. 한때 살아 움직였을 우주 하나가 무심하게 바닥을 뒹굴었다. 등 뒤쪽으로 난 창문으로 바람 한 줄기 불어와 등줄기를 훑었다. 해골과 나 사이에 그어진 삶과 죽음의 경계를 떠올리는데 그만 머리끝이 쭈뼛해짐을 느꼈다.

해양항만청에서 먼저 오고 과학수사대가 뒤에 도착했다. 그들은 수술용 장갑을 낀 손으로 해골을 이리저리 살펴봤다.

— 두개골 크기로 봐선 여자나 어린애로 추정됩니다. 이거 들고 온 애들은 어딨죠?

— 집에 갔을 거예요. 이걸 발견한 곳은 제가 알아요.

아이들이 놀던 도랑으로 그들을 안내했다. 도랑물이 아침보다는 줄었지만 여전히 세차게 흘렀다. 아이들은 봉암교 아래 삼십 년도 더 넘은 연립주택에 산다. 언제 무너질지 모를 낡을 대로 낡은 연립주택은 보상문제로 한 해 두 해 재건축이 미뤄지면서 사람이 든 집보다 빈집이 더 많았다. 어른들은 다 일터에 나가고 학원 갈 형편이 안 되는 아이들이었다. 학교 파하고 달리 놀 곳이 없는 연립아이들은 2킬로미터나 떨어진 갯벌까지 놀러왔다. 갯벌은 아이들이 놀기에 더없이 좋은 장소였다. 녀석들은 갯벌에서 기어나온 게들을 쫓거나 철새를 향해 돌멩이를 던지며 놀았다. 그러다가 시들해지면 지들끼리 잡기놀이를 하며 목도를 쿵쾅거렸다. 비가 온 다음날이면 어김없이 몰려와서 도랑물에 발을 담그고 웃옷까지 다 젖도록 첨벙거렸다. 도랑물에 실려 떠내려오는 솔방울이나 나뭇잎을 물고기인 양 건져 올리는 놀이에 시간 가는 줄 몰랐다.

홍 팀장은 애들이 갯벌을 휘젓고 다니는 걸 못마땅해 했다. 애들이 놀다가 자칫 다칠 수도 있고 갯벌생물을 괴롭힌다는 이유에서였다. 말은 그래도 홍이 연립 애들을 대하거나 쳐다볼 때면 대놓고 무시하는 게 보였다. 그 애들 부모가 턱없이 많은 이주비를 요구하며 생떼를 부리느라 연립 철거가 늦어지는 거라며 혀를 끌끌 찼다. 아마도 그 정보는 시청 공무원인 자기 남편에게서 들었을 것이다. 가진 것 없는 이들에게 목숨을 거는 일이 그렇지 않은 이들에게는 생떼로 보인다는 게 씁쓸했다.

갯벌과 맞닿은 뒷산자락은 군사시설보호구역으로 민간인통제구역이었다. 철망을 둘러쳐서 막아놨지만 도랑을 통해서라면 얼마든지 들어갈 수 있었다. 나는 도랑 바로 입구에다 긴 막대를 걸쳐놓고 절대로 여길 넘어가면 안 된다고 아이들에게 주의를 주었다. 개구진 녀석들은 내 눈을 피해가며 수시로 경계를 넘나들었다.

— 아마도 어젯밤 빗물에 쓸려온 것 같은데요?

일행 중 하나가 도랑으로 연결된 굴다리 안을 들여다보며 말했다.

— 추가 잔해가 더 있나 수색해. 최근 접수된 인근 지역 실종자 명단도 확인하고.

책임자로 보이는 남자가 지시하는 소리를 들으며 안내소로 돌아왔다. 해골은 과학수사대가 수습해 들고 가고 이어 관할 경찰서에서 찾아왔다.

— 여기서 근무한 지는 얼마나 됐죠?

— 2년째예요.

— 근무하는 동안 이 주변에 뭐 이상한 일이 벌어졌거나….

— 그런 거 없었어요.

— 혹시 나중에라도 생각나는 게 있으면 이리 연락주세요.

경찰관이 명함을 주고 갔다. 그들이 돌아가고 나서야 믹스커피를 타서 안내소 앞에 놓인 등받이의자에 앉아 마셨다. 어느새 산그늘이 안내소 지붕을 쓸며 내려오고 있었다. 산산한 바람이 산그늘에 실려와 등과 목덜미를 더듬었다. 갯벌에 밀물이 지고 있었다. 찰방하게 바닷물이 차오르고 꼬마물떼새가 삼삼오오 떠다니며 자맥질을 해댔다. 새들이 물속에 머리를 박으면 꽁지가 하늘로 쳐들려서 우스꽝스러웠다. 밀물이 지면 갯벌은 강과 바다가 하나가 되어 흘렀다. 흐르는 물은 유연하여 경계를 짓지 않았고 경계가 지워진 갯벌은 부드럽고 한없이 평화로웠다.

이태 전 나는 갯벌지기를 구한다는 지역신문을 보고 전화를 걸었다. 구인광고가 두 달째 계속해서 나오고 있었다. 일주일에 서너 번 출근하고 교통비와 식대를 빼면 몇 푼 남지 않는 자원봉사나 다름없는 아르바이트였다. 매주 한번씩 병원에 가야 하는 나에게 적합한 일이었다. 담당의사도 무리하지 않는 내에서 일을 하는 건 좋다고 말했다. 버스가 뜸하게 지나는 곳이긴 해도 큰길 버스정류소에는 10분 정도 걸어들어오면 되는 거리였다. 운동 삼아 그 정도는 걸을 만했고 날이 궂을 땐 택시를 타면 되었다.

선임인 홍 팀장은 갯벌지기 4년차라며 자신을 소개했다. 150센티미터 겨우 넘는 작은 키에 살집이 많았다. 그녀는 사각얼굴에 전혀 어울리지 않은 단발파마를 고집했다. 두둑한 살집 때문인지 어울리지 않은 단발 때문인지는 몰라도 나이보다 훨씬 더 들어보였다. 이곳은 딱히 출근복이 정해져 있지 않고 직원용 조끼만 걸치면 되는데도 홍은 국립공원직원이 입는 아웃도어 차림으로 출근했다. 터질 듯 부푼 그녀 상의단추를 볼 때면 내가 다 숨이 막혔다. 홍이 나에게까지 그런 답답한 차림을 강요하지 않아서 다행이었다.

출근 첫날에 홍 팀장은 갯벌지기가 되려면 먼저 이곳의 내력을 알아야 한다며 갯벌자료집 한 권을 내밀었다. 홍이 시킨 대로 자료집을 꼼꼼히 읽었다. 1970년대부터 시작된 무분별한 개발로 해안가에 접해 있는 조용한 도시는 급작스런 변화를 겪기 시작한다. 갈대 우거진 습지에 대규모 공단이 조성되고 도심과 공단을 경계로 왕복 8차선 도로가 뚫렸다. 도시는 공단의 성장으로 급속히 몸집을 불려갔다.

한편 공장에서 폐수를 무단 방류하는 통에 갯벌은 악취를 풍기며 죽어갔다. 절망에 빠진 갯벌을 매립해서 레미콘공장을 세울 뻔했다가 환경단체와 뜻있는 이들의 노력으로 다행히 보존되었고 지금의 생태학습장이 조성되었다.

갯벌은 인근 공장과 도시에서 버려지는 오염물을 고스란히 받아내고 있었다. 악취와 유독성 오폐수가 갯벌에 스며들어 서서히 삭아가고 분해되었다. 언뜻 봐선 쓸모없고 버려진 하천 같지만 유심히 보면 시간 맞춰 물이 들었다가 빠지며 제법 갯벌다웠다. 갯물이 빠져나간 갯벌 위를 붉은발말똥게와 방게들이 기어다니고 황조롱이와 물수리, 말똥가리, 흰목물떼새, 검은머리갈매기가 철따라 돌아왔다. 갯골 가장자리에는 갈대가 무성하게 자라고 최근에는 수달과 고라니 발자국이 발견되기도 했다. 한 달쯤 지났을 때 갯벌에 서식하는 생명들의 몸짓이 하나둘 눈에 들어오기 시작했다. 수년 간 매립과 오염으로 숱한 위기를 거쳐온 갯벌은 비록 지금은 자투리 공간만 남아 간신히 명맥만을 유지하고 있는 듯 보이나 놀랍게도 갯벌은 완벽히 살아 있었다.

먼저 철마다 찾아오는 새들과 갯벌 속에서 서식하는 작은 생물 이름부터 하나하나 익혀야 했다. 게만 해도 풀게, 엽낭게, 말똥게, 도둑게, 콩게, 칠게 등 재미있는 이름이 셀 수도 없이 많았다. 탐방객들을 안내하려면 해당화, 해홍나물, 지채, 갯질경 같은 갯벌식물도 구분할 수 있어야 했다. 갯벌은 내가 생각했던 것보다 흥미로운 공간이었다. 그리고 걱정했던 것보다 이곳을 찾는 사람이 적었다. 처음 얼마간은 갯벌 위를 기어다니는 칠게들과 친해지려고 노력했다. 하지만 그들이 오로지 본능에 의해 움직인다는 걸 알고 한나절 만에 포기했다. 차라리 햇살이나 바람과 소통하는 게 더 빠를 듯했다.

이 일이 생각했던 것보다 나한테 잘 맞았다. 오전 9시까지 출근해서 주변을 한 바퀴 둘러보고 갯벌상태를 살피며 업무를 시작한다. 갯벌의 변화를 기록하기 위해 시간 간격을 두고 주변 사진을 찍는 것도 중요한 일과 중 하나다. 단체 탐방객이 없는 날은 대부분의 시간을 안내소 안에서 책을 읽거나 영화를 보며 고요하게 보낼 수가 있었다. 갯벌생태전시관을 찾아오는 방법과 관람시간 등을 묻는 전화가 걸려왔다. 대부분 친절하고 교양 있는 사람들이었다. 아주 가끔 느끼한 소리로 속옷 사이즈를 묻는다거나 자위를 해봤냐는 둥 장난 거는 치들이 있긴 한데 오죽 외로우면 그럴까 하고 무시했다. 봄부터 초여름까지는 인근 유치원에서 연례행사처럼 현장학습을 왔다. 많을 때는 하루에 대여섯 팀씩 몰려와서 정신이 없을 정도였다. 노랗고 빨간 원색의 원복을 입은 아이들은 관상용 꽃을 닮았다. 아이들이 버스에서 쏟아져 나올 때 보면 꽃송이들이 흩어지는 듯했다. 간혹 아이들이 흰죽지 무리와 고방오리 떼를 닮았다는 생각이 들었다.

여름이 되자 골칫거리가 하나 생겼다. 해가 지면 으슥한 이곳에 연인들이 찾아들었다. 상시 개방되는 탐조대 안은 연인들의 밀회장소로 안성맞춤이었다. 갈대 우거진 사이로 길게 난 목도를 걸어가면 '톰 아저씨의 오두막'이 떠오르는 운치 있는 탐조대가 나온다. 그 안은 철새를 관찰할 수 있게 작은 창을 몇 개 내놓고 사방이 밀폐되었다. 바람 없는 날에도 사방에서 갈댓잎 부비는 소리가 들려오는 꽤나 낭만적인 곳이었다. 게들이 짝짓기에 열을 올리는 여름밤에 연인들이 그 안에서 뜨거운 시간을 보내는 듯했다. 그들이 짝짓기만 하고 가면 괜찮았다. 아침이면 탐조대 안에 널린 쓰레기에 기함을 하고 만다. 과자봉지나 술병 따위는 그나마 양반이고 담배꽁초와 가래침에 하루는 똥까지 싸놓고 갔다. 나는 고무장갑 낀 손으로 똥무더기를 들어내고는 수돗가에서 손을 씻다가 구역질을 해댔다. 아무리 씻어도 가시지 않는 역한 냄새에 얼마나 헛구역질을 해댔는지 창자까지 쏟아지는 줄 알았다. 그런 일이 있고 얼마 후 탐조대 입구에 감시카메라가 설치되었다. 감시카메라가 설치되자 거짓말처럼 쓰레기가 줄었다.

— 실은 저거 가짜야! 몰랐지?

감시카메라가 전시용이라는 걸 한참 뒤에야 홍이 귀띔해줘서 알게 되었다. 더욱 신기한 건 카메라 렌즈와 내 눈이 마주칠 때마다 모형인 줄 알면서도 매번 나도 모르게 움찔한다는 것이었다.

커피를 다 마시고 머그잔을 씻으러 수돗가로 나갔다. 그늘막이 없는 수돗가에 땡볕이 쏟아지고 있었다. 점심께 해골을 들고 온 애들을 빼면 오늘 탐방객은 한 명도 없었다. 탐조대 맞은편 주차장에 흰 트럭 한 대가 보였다. 차창이 반쯤 열린 걸 보면 주차장 나무그늘에 차를 세워두고 한숨 붙이는 모양이었다. 날이 더워지면서 공단로를 오가는 화물차 기사들이 갯벌주차장에서 쉬어가곤 했다. 작년 여름 트럭 기사가 핸들에 얼굴을 묻고 있는 걸 119에 신고했다가 낭패를 당한 일이 떠올랐다. 폭염에 차문은 닫혀 있고 운전석에 엎드린 기사가 차문을 두드려도 움직이질 않았다. 그날도 홍 팀장에게 먼저 알렸다. 119구급대와 경찰이 와서 문을 열고 보니 만취한 운전자였다. 음주 측정 결과 운전면허 취소 수준의 수치가 나왔다. 경찰이 트럭 운전기사를 경찰차에 태워갔다. 며칠 뒤 그 트럭 운전자가 안내소에 찾아와서는 우리가 경찰에 신고할 걸 빌미로 욕설을 퍼붓고 행패를 부렸고 그는 또다시 경찰관들에게 끌려갔다.

— 미친, 진짜로 위급한 상황이었으면 어쩔 뻔했냐구?

잔뜩 겁먹은 나를 위로한다며 홍이 토닥거려줬다. 그녀의 토닥임이 오히려 불편했다. '사지 멀쩡하고 새파랗게 젊은 게 이런 데를 꾸역꾸역 나오는 걸 보면 알 만하지 않아? 말도 마라. 가만 보면 꼭 나사 빠진 애 같다니까. 완전 맹해.' 언젠가 홍이 전화기가 켜진 줄도 모르고 누군가와 낄낄거리는 걸 들은 뒤로 더 그랬다. 그녀는 아들 쌍둥이를 두었고 남편은 고위직 공무원임을 자랑했다. 그녀가 고급 승용차를 몰고 갯벌에 나오는 이유가 무료함 때문이라며 입버릇처럼 말했다. 여기 말고도 지역 자원봉사나 무슨무슨 협회 같은 수식어가 붙는 여러 단체에 몸담고 있었다. 그녀가 단체의 회의나 행사에 참여하느라 근무일을 바꾼 적이 몇 번 있었다. 그녀는 쌍둥이엄마답게 호기심도 남들보다 곱으로 많았다. 그녀의 호기심은 타인의 불행을 한낱 요깃거리로 즐기는 듯했다.

— 자기, 진짜 만나는 사람 없어? 소개해줄까?

— 아니에요.

— 그러지 말구 함 만나만 봐라. 응? 공무원이고 집안도 빵빵하다니까.

— 아니, 싫어요.

— 에이, 한창 나이에 여태 혼자인 게 아까워서 글치.

홍이 가끔은 내게 집요할 때가 있다. 그때마다 정중하게 거절하지만 그녀는 쉬이 포기하지 않았다. 가끔은 그녀의 무례에 화도 났다. 그녀의 가볍고 천박한 호기심이 나를 참을 수 없게도 했다. 아무리 가까운 사이라도 적당한 선은 지켜야 하는데 함부로 선을 넘었다. 내가 아무 때고 거품을 물고 발작하는 걸 그녀가 알았대도 저렇게 말을 했을까.

스무 살이던 그때까지만 해도 나는 잔병치레 없이 건강했다. 바라던 대학에 순탄하게 들어갔고 좋아하던 이에게 용기내어 고백도 했다. 신입생 오리엔테이션에서 난생처음 술에 취해봤으며 새로 사귄 동기들과 2박3일 제주도 여행을 다녀오기도 했다. 수업이 없는 날은 시내 번화가 화장품가게와 옷가게를 내 집처럼 들락거리느라 바빴다. 나에게 스무 살은 햇빛에 내놓은 아이스크림 같은 시간들이었다. 내가 수영을 배우기로 한 건 제주도에 다녀오고 나서였다. 제주를 여행하는 내내 눈 시리게 투명한 바다 속 해초와 물고기를 보면서 풍덩 뛰어들고픈 충동을 느꼈다. 집으로 돌아와서 바로 수영강습반에 등록했다. 수영강습이 있던 어느 날에 나는 처음으로 발작했다. 그것도 물속에서 정신을 잃었다. 수영강사의 민첩한 대처로 목숨을 구했으나 의식을 찾았을 때는 죽음보다 더한 절망이 기다리고 있었다. 뇌파검사와 MRI, PET…, 이런 검사 끝에 뇌전증 진단을 받았다. 스무 해 동안 순항하던 내 삶이 암초를 만나 전복되는 순간이었다.

나보다 더 충격을 받은 건 엄마였다. 엄마는 내 딸이 왜 하필 지랄병이냐며 담당의사 멱살을 잡고 울부짖었다. 그 와중에도 나는 스마트폰을 열어 뇌전증이라는 병명을 검색했고 간질, 의식소실, 발작, 뇌기능 마비 증상…, 이런 낯설고 오싹한 단어들에 한동안 숨을 쉬지 못하다가 쓰러졌다. 뇌질환을 잘 보는 대형병원을 찾아 부산으로 서울로 다녔으나 하나같이 원인을 알아내지 못했다. 지푸라기 같은 희망이라면 두통과 이명, 발작증상을 줄이는 약을 꾸준히 먹으면 정상적인 생활을 할 수 있다는 거였다. 약 먹으면 괜찮다는데 뭐가 걱정이냐며 주변에서 위로를 해줬다. 처음 얼마 동안은 어떤 누구의 위로도 소용이 없었다. 나는 세상을 잃은 것처럼 매일매일 울면서 믿지도 않는 신들을 원망했다. 밤마다 악몽에 시달리느라 잠을 설쳤고 아침에 눈을 뜨면 세상은 아무 일 없다는 듯 굴러갔다.

나는 수시로 죽음을 생각했고 그럴수록 항우울제와 항불안제 같은 알약이 추가되었다. 의사 말대로 약을 먹으면 괜찮은 것 같았다. 간혹 약 먹는 걸 잊어서 발작을 했는데 달리는 버스 안에서 발작했을 때가 최악이었다. 하루는 버스 좌석에 앉아 있다가 갑작스런 경련과 거품을 물고 바닥으로 쓰러졌다. 쓰러진 이후의 기억은 없다. 놀란 승객들이 소리를 지르고 누군가는 119에 신고를 했을 것이다. 또 누군가는 겉옷을 벗어 내 몸을 덮어주었다. 당황한 버스 운전기사가 노선을 이탈해 병원 응급실로 내달렸다고 했다. 다음날 CCTV에 찍힌 버스 안 광경이 고스란히 뉴스로 보도되고 인터넷 기사로도 도배되었다. 나는 또 한동안 버스를 타지 못했다. 그렇게 내 의식이 뜻하지 않게 경계를 넘어서기도 했다.

수돗가에서 머그컵을 씻고 주차장 쪽을 보니 그새 트럭이 나가고 없었다. 햇살은 여전히 따갑고 바람 한 줄기 없이 무더웠다. 저 멀리 봉암교 주변으로 갈매기가 날았다. 아니, 너무 멀어서 갈매기인지는 확실치가 않았다. 큰길을 지나는 차 소리만 간간히 들리고 사위는 고요했다. 고요함을 비집고 도랑물 소리가 크게 들려왔다. 물소리를 따라 도랑 쪽으로 발길을 옮겼다. 도랑물빛이 투명하게 맑았다. 연립 아이들처럼 나도 바짓단을 걷어붙이고 물속에 첨벙첨벙 뛰어들고 싶었으나 꾸욱 눌러 참았다. 안내소로 돌아오는데 전화벨이 요란하게 울려대고 있었다. 홍 팀장이었다.

— 누가 왔었어? 해골은 뭐래? 살인사건이래?

그녀가 숨도 쉬지 않고 물어서 나는 무엇부터 대답해야 할지 혼란스러웠다. 내가 머뭇거리자 홍은 답답한지 짜증 섞인 한숨을 뱉으며 바로 전화를 끊었다. 잠시 후에 홍이 다시 전화를 했다.

— 에잇, 찝찝하게 하필이면 거기서 해골이 나올 게 뭐냐. 만약 살인사건이라면 우리까지 골치 아프게 됐잖아. 자긴 의심 가는 거 뭐

없어?

— 네, 없는데요.

— 그러게 첨부터 연립 애들을 못 오게 막았어야지. 그 사고뭉치들이 결국은 일을 치잖아.

홍은 누구한테 무슨 말을 들었는지 뾰족해져 있었다. 그러다가 난데없이 지난 일을 끄집어냈다.

— 아참, 자기 작년 크리스마스이브 기억나?

— 작년 크리스마스요?

— 자기가 나대신 근무한 날 말이야.

— 무슨…?

— 왜에? 그날 자기 퇴근하다 쓰러져선 일을 계속하니 마니 그랬잖아. 진짜 기억 못하는 거야?

홍은 무슨 대단한 건수라도 찾아낸 것처럼 신이 나서 떠들었다. 그녀의 왕성한 호기심에는 제어 장치라는 게 없어보였다. 내가 입을 다물어버리자 홍은 샐쭉해서 전화를 끊었다. 등줄기에 맺힌 땀이 식으면서 한기를 느꼈다. 산 쪽으로 난 창문을 닫고 전기 포트에 남아 있던 따뜻한 물을 따라 마셨다. 애써 마음을 가라앉혀보는데 쉬이 안정이 되지 않았고 두 번 다시는 떠올리기 싫었던 그날이 스멀스멀 피어오르고 있었다.

— 자꾸 이런 부탁해서 미안해.

12월에 들어서면서 홍이 근무를 빼는 날이 많았다. 김장에다 쌍둥이들 대학입시와 크고 작은 집안행사가 하필 12월에 몰려 있다며 징징거렸다. 크리스마스이브는 홍이 근무하는 날이었다. 홍은 탁상달력 숫자 24에 붉은 펜으로 동그라미를 치고 결혼기념일이라고 적어 내가 잘 볼 수 있게 돌려놨다. 어쩔 수 없이 그날 홍 대신 내가 근무해주기로 했다.

— 날이 추워서 아무도 안 올 거야. 점심때 지나면 눈치껏 일찍 들어가라고.

홍은 미안한지 같은 말을 몇 번이나 되풀이했다. 나도 그럴 셈이었다. 한겨울에는 안내소 안이 냉골이었다. 햇볕이 드는 동안은 견딜 만한데 오후 세 시를 넘어서자 산그늘이 갯벌까지 내려왔다. 안내소 건물은 바깥과 다를 바 없이 추웠다. 소리만 크고 미지근한 온풍기가 구석에서 자리를 차지할 뿐이고 전기 방석과 무릎담요가 유일한 난방용품이었다. 고인 듯 흐르는 갯골은 저녁이 되면 가장자리에서부터 살얼음이 얼었다가 해가 나면 녹기를 반복했다. 햇살에 바래가는 갈대와 갈대를 흔드는 바람만이 갯벌을 떠돌았다. 그 시간이 되도록 탐방객은 한 명도 없었다. 주차장에 차를 세우고 잠시 쉬어가거나 화장실을 이용하는 사람은 몇 있었을까.

일찌감치 퇴근 준비를 했다. 퇴근 전에 갯벌 주변을 한 바퀴 둘러보려고 밖으로 나왔다. 언제 왔는지 주차장에 잿빛 승용차 한 대가 세워져 있었다. 이 시각에 탐방객이라니, 짜증이 확 올라오는 걸 누르며 탐조대 쪽 목도를 향해 걸었다. 목도를 사이에 두고 바싹 마른 갈대들이 텅 비고 버석한 몸을 비벼대며 공허한 소리를 냈다. 갈대의

푸르던 시절은 어느덧 지나가버리고 메마른 추억만이 바스락거렸다. 여름 한철이 갈대에게는 화양연화였다. 막상 탐조대 앞까지 왔지만 문을 열어 그 안을 들여다볼 용기가 나지 않았다. 언젠가 무심코 저 문을 열었다가 남녀가 반라로 사랑을 나누는 걸 보고 말았다. 역광이어서 두 개 몸이 새까맣고 몸체 주변으로 빛무리가 눈부셨다. 마치 한 쌍의 큰고니처럼 보였다. 그들은 내가 보고 있는데도 행위를 멈추질 않았다. 그 일이 있은 후로 탐조대 문 앞에 서면 가슴이 두근거리며 얼굴이 화끈 달아올랐다.

결국 나는 문을 열지 못하고 발길을 돌렸다. 반 시간이 지나도록 탐조대 문은 열리지 않았고 주차장에 차도 그대로 세워져 있었다. 더 이상 기다리는 건 무리였다. 안내소 문을 잠그고 나왔다. 갯벌을 뒤덮은 그늘은 시나브로 어둠으로 변하고 있었다. 큰길로 나와 얼마쯤 걷다보니 빗방울이 투두둑 떨어졌다. 오후 늦게 눈이 내린다는 일기예보가 있었다. 아침 뉴스 끝자락에 기상캐스터가 올해는 화이트 크리스마스가 될 거라며 눈 소식을 알렸다. 화이트 크리스마스가 자신의 선물인 양 으스대는 말투였다. 하긴 눈이 귀한 남쪽 도시에서는 반가운 소식이었다.

먹구름이 이마까지 내려오더니 빗방울이 점점 굵어졌다. 밤이 되고 온도가 더 떨어지면 비가 눈이 되어 내릴 것이었다. 택시를 부르려고 휴대폰을 찾았다. 주머니에도 가방에도 휴대폰이 보이지 않았다. 급히 나오느라 안내소에 두고 온 것 같았다. 매일 독한 약을 먹어선지 건망증이 심해졌다. 휴대폰을 가지러 다시 발길을 돌렸다. 갯벌 주차장에는 아직 차가 세워져 있고 차 색깔이 구분 안 될 만큼 어두웠다. 안내소 문을 열고 책상 위에 놓인 휴대폰을 집어들었다. 휴대폰을 열자 엄마가 보낸 문자가 눈에 들어왔다.

'언제 올 거니? 한 잔 하자.'

통화 버튼을 눌렀다. 한참이나 신호가 가도록 전화를 안 받았다. 엄마는 벌써 혼자서 한 잔 걸치고 있는 듯했다. 내가 걸린 뇌전증이 가족력이라고 믿는 엄마는 자책하며 하루하루 망가져갔다. 전생치료를 한다는 사이비집단에 들어가 큰돈을 날렸으면서도 여전히 그 소굴에서 빠져나오지 못하고 있었다. 요상한 주문을 외고 쉬지 않고 절을 하고 그러다가 지치면 술을 마셔댔다. 아버지는 그런 엄마를 경멸하며 집을 나가버렸다. 결혼을 앞둔 언니마저 남자 집안으로부터 파혼 통보를 받았다. 엄마와 언니는 쉬쉬하며 숨겼지만 파혼의 원인이 나라는 걸 모를 리 없다. 내게 들러붙은 몹쓸 병이 내 주변으로 옮겨가면서 그들의 삶까지 파괴하고 있었다. 어느 날 이유도 모른 채 쓰러져 뇌전증 진단을 받은 건 난데 어찌된 게 내 주변사람들이 더 고통 받고 있었다.

안내소를 빠져나와 출입구 쪽을 향해 냅다 뛰었다. 가로등이 켜지기 직전 가장 어두운 시각이었다. 가뜩이나 마음이 불안한데 젖은 풀잎이 발목을 낚아채듯 스쳤다. 그때였다. 어디선가 날카로운 소리가 귓전을 그었다. 유리 깨지는 소리 같기도, 여자 비명 같기도 했다. 멈춰 서서 숨죽이고 귀를 기울였다. 내가 잘못 들은 걸까. 감쪽같이 고요했다. 갈대 서걱대는 소리와 다리 위를 지나는 차 소리가 멀리서 들려오고 갯벌을 더듬는 바람소리가 친근한 배경음으로 들려왔다. 자꾸만 탐조대 쪽으로 눈길이 가는 것을 애써 외면했다. 출입구를 빠져나오는 동안 두 다리가 후들거리고 몸이 휘청휘청 어지러웠다.

큰길로 나와서 콜택시에 전화를 했다. 모든 상담원이 통화 중이라는 음성 메시지만 들렸다. 버스정류소까지 뛰었다. 가늘게 긋던 빗줄기가 진눈깨비로 날렸다. 버스정류소를 향해 뛰는 사이 진눈깨비는 눈발로 바뀌었다. 정류소에 도착해서 버스를 기다렸다. 십여 분을 기다려도 버스는커녕 자동차 한 대 지나가지 않았다. 세상 모든 차들이 증발해버리기라도 한 것처럼 도로가 고요했다. 다시 콜택시에 전화를 했다. 이번엔 안내음성조차 들리지 않고 바로 끊겨버렸다.

어쩔 수 없이 걸어야 했다. 저 멀리 보이는 도심의 불빛을 향해 걸었다. 걷다보면 택시를 만나거나 지나는 차를 얻어 탈 수도 있을 거라고 생각했다. 머리와 겉옷이 빗물에 젖어 체온이 급속히 떨어졌다. 극심한 추위는 육체뿐만 아니라 영혼까지 결박했다. 아니 거기서 멈추지 않았다. 기분 나쁜 두통이 일고 가슴이 두근거리다가 어지럼증이 밀려들었다. 문득 약 먹는 걸 잊었다는 사실을 떠올렸다. 손끝발끝에서부터 마비가 왔다. 곧 발작이 시작될 징조였다. 극도의 불안감을 참아내며 가로수 벚나무둥치에 몸을 기댔다. 이대로 의식을 잃으면 끝이었다. 가방에서 휴대폰을 꺼내드는데 손가락 힘이 스르르 풀려버렸다. 내 몸이 무너지기 시작했다. 희미해지는 기억 끝에 반짝이는 한 줄기 불빛이 보였다. 나는 불빛을 향해 비척거리며 걸었다. 불빛은 빠르게 가까워졌고 마침내 눈이 부셨다. 눈부심도 잠시였고 그대로 의식을 잃었다. 경계를 넘어버린 내 기억은 물속에 잠긴 시간처럼 말끔하게 지워져갔다.

어느새 산그늘이 갯벌을 뒤덮었다. 갯고랑에 서서히 물이 들고 있었다. 물이 들자 바지런히 갯벌을 쪼던 새들은 어디론가 가버리고 게들도 구멍에 숨었다. 나도 주섬주섬 퇴근 준비를 했다. 책상 위에 펼쳐둔 업무일지를 적고 열어둔 창문을 잠그는데 전화벨이 울렸다. 홍 팀장이었다.

— 여섯 신데, 퇴근 안 해?

— 지금 하려고요.

홍의 말투는 아까보다 한결 낫낫했다.

— 참, 그 해골 말이야, 걱정 안 해도 되겠어. 뒷산 일대가 오래 전에 마을 애장터였대. 애장터가 뭔지는 알지? 어젯밤 빗물에 그게 쓸려내려온 거 같다고 그러더라고.

— 네에.

궁금한 걸 못참는 홍이 자신의 정보력을 모두 동원해 거기까지 알아낸 모양이었다. 홍은 살짝 뜸을 들이더니 마지못해 한마디 덧붙였다.

— 아깐 미안해. 내가 경솔했어.

전화기 너머로 사과하는 홍의 표정이 그려지다가 흐려졌다. 홍의 저 말이 진심일까 싶다가 그녀가 나에 대해 어디까지 알고 있을까도 궁금해졌다. 그녀의 정보력이라면 내 병명까지 알아내고도 남았을 터였다.

— 이만 퇴근할게요.

전화를 끊고 안내소를 나왔다. 바로 큰길로 나가지 않고 산그늘 내려앉은 갯벌을 한 바퀴 빙 둘러봤다. 경계가 있는 듯 없는 듯 갯벌에 고즈넉한 시간이 흘렀다. 등 뒤로 도랑물소리가 콸콸 들려오고 바람이 갈댓잎을 흔들어 초록물결을 만들었다. 밀물이 내 가슴으로도 들어와 찰방찰방 채워지는 느낌이었다. 갯벌은 나에게도 유일한 숨구멍이었다. 나를 향한 질척한 뭍 시선들과 시시때때로 무너져버리는 의식으로 인해 내 삶은 시커먼 개펄 속에 갇힌 채였다. 이곳을 몰랐다면 지금까지 견딜 수 있었을까. 갯벌을 기는 게들과 아직 이름조차 알 수 없는 작은 생물들이 뚫어놓은 숱한 구멍들을 보면서 나도 살아야겠다며 나만의 숨구멍을 만들어갔다. 어느덧 나도 정체 모를 갯벌 생물이 되어가고 있었다.

붉게 농익은 해가 봉암교를 넘어 바다로 지고 있었다. 노을의 시간이 펼쳐지고 있었다. 다리 저편 하늘과 바다가 한몸으로 붉더니 아치형 다리가 홍건한 노을에 잠겼다. 낮과 밤의 경계가 무너지는 순간이었다.

무농이아재

무뇽이아재

봄볕이 마당 구석진 풀섶에 내려앉아 꼬박꼬박 졸고 있다. 집 마당가로 어른 허리 높이의 돌담이 빙 둘러쳤고 돌담 안쪽에는 늙어빠진 복숭나무 한 그루가 발등에 책 보퉁이만한 그늘을 덮고 서 있다. 복숭나무는 이파리를 말끔히 털어낸 작년 늦가을부터 토옹 기척이 없다. 봄볕이 따갑게 눈총을 쏴대는데도 모른 척 말뚝잠을 잔다. 지난해 해거리를 하더니 영 민망한 모양이다.

나는 누렇게 뜬 얼굴로 툇마루에 나앉아 돌담 너머 바다를 바라봤다. 갯벌 뒤쪽으로 멀찍이 밀려나간 바닷물이 햇살을 받아 반짝였다. 겨우내 눈바람에 흠씬 절여진 나무마루 찬기가 얇은 잠옷을 뚫고 볼기짝에 스며들었다. 좀 더 앉아 있다가는 찬기가 척추를 타고 올라 심장으로 파고들 기세였다. 봄볕은 부시게 환한데 온기는 별로 느껴지지 않았다. 스물하나, 한창 팔팔해야 할 내 몸은 설익은 봄볕마저 감당하지 못할 만큼 허술해져버렸다. 어느새 바닷물은 육지에서 까맣게 멀어져 있다. 썰물에 바닥이 드러난 무인도가 누군가의 무덤 같았다.

겨울 끝물에 걸린 감기로 보름째 누워 지낸다. 말도 못하게 지독스런 감기였다. 초기에는 말간 콧물이 흐르다가 열이 끓고 숨도 못 쉬게 기침이 터져나왔다. 한번 터진 기침은 끈질겼고 창자가 거꾸로 쏟아질 듯 고통스러웠다. 급기야 가래에 피가 묻어나오고 숨을 쉴 때마다 가슴팍이 아팠다. 보건소에서 약을 타다 먹었는데도 차도가 없었다. 해마다 겨울이면 감기에 걸려 골골하다 심해지면 육지 병원에 실려가곤 했다. 올 겨울은 그냥 지나가나하고 안심하다가 잎샘추위에 된통 당하고 말았다. 엄마는 내가 갓난아기 때 젖을 못 빨아 이 모양이라고 자책했다.

나를 낳고 삼칠이 안 되어 동네에 초상이 났는데 상여를 맸던 마을 머슴이 정짓문을 벌컥 열더니 젖 물리고 누운 엄마더러 성냥 어딨소? 묻더란다. 머슴은 안방 시렁 위에서 성냥갑을 찾아 담뱃불을 붙이고 나갔다가 다시 안방에 고갤 쑥 들이밀고는 어디 아프요? 하며 해죽거렸다. 그 바람에 어깨까지 퉁퉁 불었던 젖이 말라버렸고 온갖 수를 써봐도 다시 젖이 돌 기미가 안 보였단다. 빈 젖꼭지를 빨아대며 빽빽 울어대는 갓난애에게 밥물 떠먹여가며 키웠다고 한다. 내가 앓을 때마다 엄마는 오래 전에 죽은 머슴을 소환해서 원망하고 또 원망했다. 그 인간 천날만날 술만 처마시다 복수 터져서 갔어야….

차가운 툇마루에 너무 오래 앉아 있었다. 엉금거리며 방으로 들어가는데 안방 전화벨이 울렸다. 서둘러 안방에 들어가 송수화기를 들자 숨넘어갈 듯 울려대던 전화벨이 끊겼다. 조금 있다가 다시 벨이 울렸다.

"거기가 이순택 씨 댁입니까?"

웬 남자가 아버지를 찾았다. 아버지는 작년에 돌아가셨다.

"누구신데요?"

"아, 여는요. 대구 소망의 집입니다."

사투리를 조심하려는 투가 역력하지만 경상도 특유의 억양이 음표를 그리며 흘러나왔다.

"혹시 박문용 씨라고 아십니까?"

"박문용 씨요? 잘 모르겠는데요."

"실례지만 이순택 씨하고 어떻게 되시죠?"

"딸이에요. 엄마가 아실지 모르는데 지금 집에 안 계세요."

"그럼 저녁에 다시 연락드리겠습니다."

전화를 끊고는 수상스런 마음이 일었다. 박문용이 누구지? 문용? 혹시, 무농이아재? 아! 그 사람 이름이 박문용이었구나. 무농이아재라면 잘 안다. 이태 전인가 그 이듬해가 꽃섬을 떠났다고 들었다. 정확하게 언제 떠났는지 모르겠다. 내가 병원을 나와 섬에 들어왔을 때 떠나고 없었다. 그런데 아재를 왜 우리한테서 찾는 걸까.

그 사람 이름이 박문용이란 걸 오늘에야 알았다. 어려서부터 귀에 익은 이름은 '무농이아재'다. 애나 어른이나 그를 무농이라고 불렀다. 아재에게도 버젓하게 성씨가 있다는 생각을 왜 한번도 못했을까. 아재는 곱사등이었다. 날 때부터 꼽추였는지 아니면 자라면서 그랬는지 모른다. 몸은 기역 자로 굽었고 등뼈가 낙타 혹처럼 불룩하게 솟아 있었다. 다리도 불편해 걸을 때 한쪽 팔로 다리 안쪽을 짚고 절뚝거리며 걸었다. 굽은 몸을 억지로 편다고 해도 예닐곱 살짜리 아이의 키 정도 되어보였다. 철없는 동네 아이들이 아재 앞에서 허리를 굽히고 절뚝거리며 걸음걸이를 흉내냈다. 놀림을 당하면서도 아재는 화를 내거나 나무라지 않았다. 되레 마을 어른들이 도망치는 애들을 붙잡아 엉덩짝을 때려주며 혼쭐을 냈다. 아이들은 곧 시들해졌다.

한번은 내가 우리집 마당에서 허리를 구부리고 한쪽 팔로 무릎을 짚으며 아재처럼 걸어봤다. 허리를 구부리고 걷는 게 힘들지 않을까 따라해본 거였다. 하필이면 그때 우리 집 울타리로 들어오는 아재에게 그 모습을 들키고 말았다. 나는 얼굴이 시뻘게져서 그대로 흙바닥에 처박힐 뻔했다. 우리 집 바로 아랫집에 무놓이아재가 살았다. 아버지와는 나이 차이가 제법 나는데도 말이 통하고 마음이 맞아 그런지 아무 때고 허물없이 우리 집에 드나들었다.

아재는 늙은 홀어머니랑 단둘이 살았는데 듣기론 친모가 아니었다. 친어머니는 아재를 낳고 바로 병을 얻어 죽었다는 말이 있고 아일 업다가 떨어뜨려 꼽추가 돼버리자 그 일로 쫓겨났다는 말도 있다. 어쨌든 뒤에 들어온 여자가 내리 두 형제를 낳았는데 그 둘은 일찌감치 서울로 올라가 공부를 했다. 그들을 본 적은 없지만 둘 다 인물이 훤하고 명문대학 나와 좋은 직장에 다니며 결혼해서 잘 산다고 온 동네 소문이 자자했다. 아재만 몸이 저래서 서른 넘도록 장가도 못 가고 홀로 섬에서 늙어갔다.

아재는 손재주가 좋았다. 농기구도 잘 고쳤고 몸 아픈 사람들에게 침이나 주사를 잘 놨다. 윗대 어른이 한의원을 했다는 말을 들은 것도 같다. 섬에서 큰 병이 나면 배를 타고 뭍으로 나가야 했다. 감기몸살 같은 아는 병은 읍내 약국에서 주사약만 타오면 아재가 놔줬고 집에서 기르는 소나 돼지가 병에 걸려도 아재가 가서 봐줬다. 마을사람 누구라도 위급하면 한밤중에라도 달려가 손발가락을 따고 응급조치를 해줬다. 감기를 달고 살아야 했던 나는 툭하면 아재에게 엉덩이를 까발리고 주사를 맞았다. 그때 일을 떠올리니 새삼 얼굴이 붉어졌다.

마당에 타닥타닥 낯익은 발소리가 깔렸다. 설핏 잠이 들었다 깨어보니 엄마가 돌아왔다. 방문에 검은 장막이 내려쳐진 듯 검었다. 엄마는 방문을 열어 어둑시니마냥 안을 살폈다. 방안으로 어둠이 몰려와 가득 찼다.

"아여, 잤냐? 지침은 좀 덜하냐?"

"어,"

내 목에서 잔뜩 쉰소리가 나왔다. 나는 머리맡에 놓인 물을 마시고 안방 형광등 스위치를 눌렀다.

"배고프재. 어여 밥 먹자."

"어딜 갔었어?"

"내가 가믄 어딜 가겄냐. 낙지 잡으러 갯바닥에 나갔재."

"허리도 아프담서 뭣허러?"

"염병헐 것들이 배락섬에 들어가도 못허게 꽉 막어놨어야. 시벌놈들, 배락섬이 즈그들 것이다냐? 그 짝 뻘땅에 낙지가 시방 지천일 것인디…."

엄마는 못내 아쉬운지 혀를 끌끌 찼다. 엄마가 저리 입맛을 다시는 벼락섬은 물이 빠지면 건널 수 있는 바위섬이다. 사람이 살지 않는 무인도인데 바위틈에 마실 물이 고여 있고 백하수오, 천문동 같은 약초도 많았다. 게다가 해산물이 풍부했다. 바위마다 빠끔한 틈이 없게 통통한 굴이 다닥다닥 붙었고 바우옷이랑 우뭇가사리가 털갈이를 기다리는 짐승마냥 수북했다. 동네 아낙들은 물때 맞춰 벼락섬에 건너가 해산물을 쓱쓱 걷어와서는 조물조물 무쳐서 밥상에 얹었다. 벼락섬 주변 개펄에 낙지와 맛, 꼬막이 또 그렇게 많이 난다. 밤중에 손전등 들고 갯벌에 나가 발목께 차는 물길에서 낙지를 한 광주리씩 주워오기도 했다. 엄마에게 벼락섬은 만물전 같은 곳이었다.

몇 해 전부터 꽃섬에 콘도미니엄을 짓는다는 소문이 돌면서 섬 전체가 수런거렸다. 콘도가 세워질 곳은 벼락섬이 마주 보이는 바닷가로 꽃섬에서 풍광이 가장 멋진 곳이다. 해질녘 서녘바다는 불덩이를 삼킨 것처럼 붉었다. 어디 바다뿐인가. 꽃섬도 벼락섬도 한 덩어리로 불탔다. 은빛 비단을 펼친 듯 희고 보드라운 십리 모래사장도 꽃섬의 자랑거리였다. 바닷물이 빠져나간 뒤 젖은 모래를 손으로 파보면 어른 주먹만 한 대합이 나왔다. 바위에 대합을 얹고 맨들맨들한 차돌로 내리쳐 속살을 꺼내먹었다. 부드럽고도 탱탱한 대합 속살과 그 즙은 짭짤하고도 달았다. 여름 동안 꽃섬 아이들은 햇볕과 갯바람에 벗은 몸을 그슬리며 해가 지는 줄 모르고 모래사장을 뒹굴었다.

콘도가 지어질 일대 모래땅이 약삭빠른 외지인들 손에 넘어간 지는 이미 오래였다. 천지도 모르는 꽃섬 사람들은 쓸모라곤 없던 모래땅을 평당 수만 원씩에 쳐준다니까 이게 웬 떡이냐 싶어 앞다투어 팔아치웠다. 하룻밤 자고 나면 땅값이 뛰었다. 수십 년 묵정밭으로 버려둔 땅을 선뜻 사준다는 것만으로 고마운 일이었다. 미처 팔지 못한 땅은 부르는 게 값이 되었다. 마침내 섬 전체가 토지거래허가구역으로 묶였다.

올해 초부터 콘도를 짓는 공사가 시작되었다. 푸르던 해송숲이 바리캉에 머리카락 베어지듯 하루아침에 뭉텅뭉텅 잘려나갔다. 차고 시린 바닷바람을 막아주던 강인한 곰솔이었다. 나무뿌리를 캐내고 바위를 깨는 소음이 섬을 뒤흔들고 희뿌연 먼지바람이 하늘을 뒤덮었다. 바다모래는 마구 채취되고 상수도를 무단으로 끌어 써서 그렇잖아도 마실 물이 귀한 섬이 바싹바싹 타들어갔다.

이젠 벼락섬에도 못 들어가게 통제를 하는 모양이었다. 엄마는 제 밥그릇을 빼앗긴 강아지처럼 분해서 씩씩거리며 뻘 묻은 물옷을 벗었다. 엄마가 들고 온 대바구니 안에는 낙지 너덧 마리가 몸통과 다리가 마구 엉켜서 꿈틀거렸다.

"큰 놈은 죽 쒀먹자잉?"

엄마는 젖은 옷을 다 갈아입고 금세 웃는다. 그때 전화벨이 울렸다.

"아참, 아까 낮에 전화 왔었어. 아버지 찾던데?"

엄마는 송수화기를 두 손으로 받쳐들고 웅크리고 앉아 전화를 받았다.

"야, 야아…."

엄마 목소리는 고분고분하다 못해 점점 기어들어갔다. 통화가 끝나고 엄마는 길게 한숨을 내쉬며 송수화기를 내려놓는다.

"오메, 어째야 쓰꺼이나. 무농이 그 사람이 시상 배러부렀단다. 불쌍해서 어쩌꺼나 잉? 참말로…."

"죽었다고? 아재가 진짜 죽었대?"

"대구 븐 요양병원인가 거그서 죽었다고 시방 연락이 왔어야."

"아, 어떡해!"

반가이 아재 소식을 기대했다가 부고를 들으니 몸속에 든 공기가 맥없이 빠져나가는 듯했다. 엄마는 툇마루에 걸터앉아 담배를 피워 물었다. 담배연기에 한숨이 섞여 푹푹 뿜어졌다.

"그러게 그냥 여그서 눌러살 것이재이. 그런 몸을 어쭈고 고친다고 따라나갈 것이냐. 시상에나 불쌍헌 사람, 어쩐다고 그 머나먼 대구까정 가서 혼자 외롭게 죽었으까나."

엄마는 우는지 코를 들이켰다. 그러다가 뭔가를 깜박 잊었다는 듯 끄응 하고 일어나 대바구니를 들고 부엌으로 갔다. 낙지죽을 쑬 모양이었다. 엄마가 부엌에서 퉁탕거리는 동안 가슴이 답답해지며 숨이 차올랐다. 나는 벽에 몸을 기대고 앉아 차오르는 속을 갈앉혀보았다. 묵은기침이 다시 터질 것 같았다.

한밤중에 열이 펄펄 끓었다. 그날은 태풍주의보가 내려져 뭍에 있는 큰 병원에 나갈 수도 없었다. 주말이라 보건소장도 섬을 나가고 없었다. 아버지는 약방에서 주사약을 사와 아재를 불렀다. 그런데 뭐가 잘못되었는지 주사약이 들어가자 호흡이 가빠지고 열이 오르다가 결국 자물치고 말았다. 아버지가 급히 해경에 연락했고 다행히 병원에 실려와 치료를 받았다. 한 주를 입원했다 섬으로 들어왔다. 나는 원인도 모른 채 말라갔고 해골처럼 앙상했다. 내 몰골을 보러온 마을사람들은 혀를 끌끌 차며 고개를 가로저었다. 엄마는 울면서 아기 때 내가 젖배를 곯아서 그렇다며 오래 전 복수 차서 죽은 동네 머슴을 원망했다.

"어째 안 나으까요?"

그날도 주사를 놔주러 우리 집에 온 무농이아재한테 엄마가 애 터지는 소리를 했다. 평소 말수가 없는 아재여서 돌아오는 답도 없었다. 아재는 돌아누운 내 엉덩짝에 주사바늘을 꽂고 솜으로 몇 번 빠르게 문질렀다. 아재가 방을 나간 뒤에도 나는 엉덩이를 까발리고 엎드린 채 누워 있었다. 몸을 뒤집을 기운조차 없었다. 엄마가 바지를 끌어올리고 바로 눕혀주었다. 그 바람에 '컹컹컹' 쉰기침이 터졌다. 한번 터진 기침은 몇 줌 안 남은 기운을 다 빼고 나서야 그쳤다.

기침이 잠잠해질 즈음 바다에 나갔던 아버지가 돌아오셨다. 아버지는 바닷물이 들고나는 갯고랑에 살그물을 쳐놨다가 갯물이 빠지면 가서 그물을 털어 망태기에 담아왔다. 그물에는 숭어나 망둥어, 새우가 주로 걸렸고 운 좋으면 병어나 농어도 걸려들었다. 철따라 그물에 걸려든 것들은 달랐다. 섬돌 아래에다 망태기를 부었는지 비린내가 숭숭 뚫린 창호지 문구멍으로 들어왔다.

"아따, 뭇이 겁나게 많네요?"

툇마루에 걸터앉은 아재가 아버지의 포획물을 연신 감탄해댔다. 아버지는 신이 나서 목소리리가 높아졌다.

"이 놈은 찹쌀 넣어 폭 삶아 저 가이나 줘."

아버지가 말하는 '저 가이나'는 안방에서 골골하는 당신 외동딸이고 '이놈' 하고 건네준 것은 대가리가 당신 주먹만 한 낙지였다. 엄마는 낙지를 통째 넣어 죽을 쒔다. 내가 낙지죽을 한 그릇 다 비울 때까지 아재와 아버지는 토방에서 술을 마셨다. 얼마 후 나는 낙지죽을 고스란히 다 토했다. 그것도 부족해 돼지비계 같은 누런 가래를 한사발이나 쏟아냈다. 가래 냄새는 몸서리치게 역했다. 한 주일쯤 지나서야 겨우 움직일 수 있었다. 나는 걸음마를 처음 시작하는 아이처럼 조심스럽게 발을 떼야 했고 고개를 빨리 돌릴 수도 없었다. 건듯 부는 바람에도 내 몸뚱어리는 갈대처럼 흔들거렸다. 아재는 먼발치에서 그런 나를 안타까운 눈으로 지켜봐줬다. 열여섯 나의 봄은 또 그렇게 컹컹거리며 지나가고 있었다.

장맛비로 섬은 서서히 물속으로 잠겨들고 있었다. 예년보다 일찍 장마가 시작되었다고 라디오에서 여자 아나운서가 영혼 없는 목소리로 말했다. 장마가 계속되는 동안 나는 학교에 나가지 못했다. 아픈 몸으로 십 리나 떨어진 학교까지 비바람을 뚫고 다닐 수가 없었다. 습기 가득한 방에서 느른하고 맥없이 하루하루를 보내고 있었다.

그나마 다행인 것은 무놓이아재 집에 책이 많아 빌려볼 수가 있다는 것이었다. 나는 좀 살만해지자 쥐새끼 풀방구리 드나들듯 아재네 집을 들락거렸다. 『전설의 고향』과 『구운몽』, 루 살로메의 『우리는 어디에서 어디로 가는가』, 쇼펜하우어의 『인생론』을 차례로 빌려와 읽었다. 보카치오의 『데카메론』은 아재가 내줄까 말까 하다가 그래도 명작인디 하면서 눈 질끈 감고 내줬는데 그걸 읽어내는 동안 얼굴이 화끈거려 혼났다. 아재가 집에 없는 틈에 『선데이서울』도 훔쳐봤다. 흑인남녀가 발가벗고 엉킨 알몸 사진이 실린 그런 너저분한 잡지를 아재가 본다는 사실에 충격을 받아 한동안 인사도 안 하고 지나치기도 했다.

그해 가을에 아재가 장가를 들었다. 동네 어른들의 주선으로 한 여자와 인연이 닿았다. 겉으로 봐선 멀쩡하지만 살짝 정신이 흐린 여자였다. 어쨌거나 더 이상 아재네 집에 책을 빌리러 들락거릴 수가 없게 돼버렸다.

엄마가 낙지죽을 쒀서 개다리소반에 얹어들고 들어왔다.

"아여, 이것 좀 먹어봐야."

"속이 안 좋아."

"억지로라도 쪼깐만 떠먹어봐라. 낙지 잡으러 배락섬에 들어갔당께."

엄마 성화에 못이겨 국물만 몇 술 뜨다 숟가락을 내려놨다.

"무농이아재는 왜 여길 나간 거래?"

"긍께 내가 지랄이라고 안 허냐. 그러껜가 그끄러껜가 생전 코빼기도 안 내밀던 서울 사는 두 성재가 뜬금없이 찾아왔드랑께. 썩을놈들이여. 여그 땅값이 올라간다니께 눈알이 벌게서 왔겠재. 시방 콘도 들어서는 그 짝 땅떼기가 모다 무농이 즈그네 땅이었재. 돈 되는 전답은 두 성재 대학 보낸다고 다 팔아 치워불고 무농이 그 사람 앞으로 모래땅만 남았지야."

아재는 끝까지 땅을 팔지 않겠다고 버텼다고 한다. 성급하게 땅을 팔아치운 사람들도 많았지만 조상 묘가 있다든가 죽을 날이 머잖은 노인네들은 묵묵히 땅을 지켰다고 했다.

"쩌그 아랫멀 동백집 할매도 안 판다고 안 판다고 그랬는디 면에서 사람이 나왔어야."

"면에서 왜요?"

"염병헐 놈들이 꽃섬이 개발되면 여행객이 많이 오고 살기도 좋아진다고 집집마다 찾아댕김시렁 어르고 으르고 그랬재."

"그래서 팔았어?"

"그 할매가 뭇을 알겄냐? 새끼들도 바다에 빠져 죽어불고 혼자 사는디 눈도 멀고 귀도 흐리재이."

우리 할머니와 한 동무이셨던 동백집 할머니는 살아계실 적에 곧잘 집에 놀러오셨다. 집 가에 커다란 동백나무가 있어 동백집 할매라고 불렀다. 일찍 혼자되어서는 어렵사리 키운 자식 둘을 한꺼번에 바다에 잃고 그 충격으로 눈이 멀었다. 내가 할머니 손을 잡고 집까지 모셔다드릴 때면 잃은 자식들 생각에선지 꾹 감긴 눈 사이로 눈물이 타 흐르곤 했다.

"이장 그 인간이 오밤중에 동백집 할매를 찾아가서 도장을 달라고 하더란다. 할매가 그 인간 믿고 도장을 내줬는디 땅 매매계약서에다 찍어부렀단다. 그라고는 할매 통장에다 땅 판 돈을 넣어줬다는디 눈면 늙은이가 그 돈이 뭔 소용 있겄냐?"

동백집 할머니는 죽어 묻힐 땅조차 없어졌다면서 몇 날 며칠을 울고 또 울었다고 한다. 섬 안은 한겨울 바닷가처럼 인심이 흉흉해졌다. 한 핏줄처럼 잘 지내던 이웃이 하루아침에 등을 돌리고 부모자식 간에도 돈 때문에 칼부림이 났다. 엄마는 생각할수록 분이 나는지 말을 하다 말고 이를 부득부득 갈았다. 콘도가 들어서는 바닷가 노른자위 땅이 무농이아재 명의였다. 아재가 그 땅을 내놓지 않겠다고 버팅기니 저들이 똥줄이 탈 만도 했다.

아재가 그 즈음에 사고를 당했다. 섬개발위원회가 만들어졌고 이장을 비롯해서 몇몇 말발께나 하는 사람들이 한 자리씩 차지했다. 그들은 툭하면 무슨 대책회의 열어 사람들을 불러모아 술판을 벌였다. 아재가 그날은 술이 좀 과했다고 한다. 한밤중에 택시를 타고 마을 앞 공터에서 내렸다는데 다음날 아침에 아재는 집 가까운 개골창에 처박혀 있었다. 목숨을 건진 것만으로도 천행이라고들 했다. 사고 소식에 코빼기도 안 내밀던 서울 사는 두 형제가 달려왔다. 그 뒤로는 안 봐도 빤한 그림이었다.

"금싸라기 땅돼기가 욕심나서 왔겠지."

"배락 맞을 놈들이여. 몸도 성치 않은 성한테 그런 사기를 쳐?"

"사기를 쳤다고?"

"도시 큰 병원에 가면 꼽사등을 고친다고 꼬셨재. 돈만 있으믄 수술 받을 수 있다고 그랬다더라."

아재는 결국 바닷가 모래땅 매매계약서에 도장을 찍었다고 한다.

그런 다음에 설마, 그래도 설마다. 두 형제가 돈만 챙기고 아재를 요양병원에 넣었단 말인가? 그게 사실이라면 엄마 말대로 육시를 할 놈들이었다. 몇 술 넘기지 않은 낙지죽이 전처럼 되넘어올 것 같았다. 엄마는 곤한지 어느새 시르죽어 코를 골았다.

가을해가 허무하게 떨어져 바다로 떠내려가버렸다. 설익은 가을을 둘러 삼킨 바다는 사흘을 멀다하고 눈발 섞인 바람을 섬으로, 섬으로 만들어 보냈다. 우리 집 사랑채에는 겨우내 화투판이 벌어졌다. 무농이아재는 항상 구경꾼이었다. 화투꾼들 어깨 너머로 화투장이나 돈이 왔다갔다 하는 것을 보다가 사랑채 토방에 걸터앉아 물끄러미 바다를 보곤 했다. 섬사람들은 아재와 결혼한 여자를 무농이각시라고 불렀다. 무농이각시는 정말 할 줄 아는 게 실실 웃는 것밖에 없었다. 그런데도 아재는 마냥 좋은 지 덩달아 실실 웃고 다녔다.

엄마는 그 집에 쌀도 퍼다주고 채전거리도 가져다줬다. 아버지가 잡아온 새우나 생선이 든 바가지를 내게 들려서 보내기도 했다. 생선 바가지를 내밀면 무농이각시는 비린내를 못 참겠다는 듯 코를 틀어막고는 헛구역질을 했다. 무농이각시 배가 점점 불러왔다. 아재는 마을 사람들의 놀림에 얼굴이 벌게지면서도 여전히 실실거렸다.

꽃섬의 겨울은 장마보다 길고 지루했다. 눈 덮인 섬은 거대한 빙산이었고 바닷물은 물때에 맞춰 얼었다 녹았다를 반복했다. 하루 한번 뭍을 오가는 정기 여객선은 태풍주의보로 뜨는 날보다 거르는 날이 더 많았다. 사랑채 화투판이 시들해지면 무농이아재와 아버지 둘이

서 사랑채 토방에 걸터앉아 술잔을 기울였다. 아버지가 바다에 나가 살그물을 털어오면 기다리던 아재는 아버지랑 머리를 맞대고 앉아 고기를 다듬었고 그날은 또 사랑채 토방에서 술잔이 오갔다. 눈이 펑펑 내려 쌓인 날 아버지가 뒷산 아래 저수지로 가서 싸이나를 박은 콩을 뿌렸다. 다음날 아버지는 죽은 꿩을 들고 와서 내장을 꺼내고 국을 끓였다. 꿩고기는 질겼지만 고추기름 벌겋게 뜬 국물은 얼큰하고 개운했다. 고기를 제외한 것들은 복숭나무 아래에 묻었다. 설 묻은 것을 얼룩고양이가 파먹었다. 선새벽에 밥을 하러 부엌에 나간 엄마가 혀를 빼물고 뻣뻣하게 죽어 있는 고양이를 부뚜막에서 발견하고는 집이 무너져라 소리를 질러댔다. 그러면 아버지는 고양이를 들어다 또 복숭나무 아래 깊이 파서 묻었다. 겨울잠에 푹 빠진 복숭나무는 그런 사연을 아는지 모르는지 봄이 되면 파릇한 이파리를 피워냈다. 나는 복숭나무 이파리를 쳐다보면서 내 배 위에서 고개를 파묻고 가릉가릉 숨소리를 내며 잠자던 얼룩고양이의 눈망울을 떠올리곤 했다.

무농이아재 각시는 이듬해 늦봄에 아이를 낳았다. 건강한 사내아이였다. 한번도 그 애를 본 적은 없지만 아이를 받아낸 엄마 말로는 아재를 닮아 참말로 인물이 잘났다고 했다. 아재가 곱사등이어서 그렇지 자세히 보면 눈코입이 번듯번듯하니 잘 생긴 얼굴이라고. 아재는 한동안 우리 집에 오지 않았다. 한시도 아기에게서 눈을 떼지 못했다니 짐작이 갔다. 아기를 얻은 아재가 얼마나 좋아했으면 엄마는 그런 팔불출은 보다보다 처음이라고 고개를 저었다. 하지만 아재의 행복은 오래 가지 않았다. 아이가 백 일도 안 되었을 때 그만 끔찍한 일이 벌어지고 말았다. 무놓이각시가 아이를 아랫목에 눕혀놓고 아궁이에 불을 한없이 지폈고 활활 달궈진 방바닥에서 그만 아이가 죽고 말았다. 그러고 얼마 후 여자도 소리 소문 없이 섬에서 사라졌다. 경찰과 가족이 여자를 데려가 병원에 넣었다는 말도 있고 한밤중에 바다로 들어가는 걸 봤다고도 하고 별별 말들이 돌았다.

어느 해질녘 백사장에 멍히 앉아 있는 아재를 보았다. 아재가 앉은 둘레로 갯메꽃이 양탄자처럼 깔려 있고 솔숲에서 불어오는 바람에 솔향이 묻어났다. 하늘과 바다에 물든 놀은 벌겋다 못해 진한 핏빛이었다. 그날 따라 아재의 굽은 등이 말할 수 없이 슬퍼보였다.

"왔냐?"

"네에."

아재 앞에서 잘도 조잘거리던 내가 언제부턴가 말수가 줄었다.

"공분 잘허재?"

"그냥, 뭐…,"

"쩌그 저 섬 보이냐?"

"아, 벼락섬?

"그래, 쩌그다가 흑염소 몇 마리 풀어놓을까?"

"살까?"

"암, 살지. 잘 살지."

"나도 저기서 살래."

"무서울 텐디, 혼자서는…."
"하나도 안 무서워요."
"저거 너 줄까?"
"정말?"
"그래, 너 줄게. 좀 더 크면 꼭 너 줄게."
"약속 지켜야 해. 꼬옥!"
둘이 그렇게 주고받으며 싱겁게 웃었다. 아마도 그게 아재를 마지막으로 보았던 날이었을 것이다.

엄마는 새벽같이 일어나 전화기를 들고 혼자 씨름했다. 전화번호를 적은 수첩에 눈을 갖다대고 갸우뚱거렸다.
"왜 그래? 누굴 찾는데?"
"고것 참 이상허다야. 전화번호가 맞는디 젊은 여자가 뭐시라고 하면서 다시 확인하라고만 한다야."
수첩을 받아들고 봤더니 무농이아재의 배 다른 형제 연락처였다. 그들에게 아재 죽음을 알려주려는 모양이었다. 내 예감대로 둘 다 전화번호가 바뀌었다. 그렇다면 달리 연락할 길이 없었다.
"이를 어쩌꺼나?"
엄마는 오전 내내 죽을상이었다.
"내가 대구에 갔다올까?"
"떽! 그 몸으로 어딜 간다고야?"
"사람이 죽었다는데 어떻게 모른 척해? 엄만 멀미해서 차를 못 타잖아."

"아여, 안 되겄다. 느그 오래비한티 가라고 해야겄다. 그 사람이 오죽허면 눈을 감음서 우덜한테 알리라고 했겄나?"

엄마는 방바닥에 뒹구는 시커먼 걸레를 집어 코를 팽 풀더니 다시 수첩을 펼쳐들고 오빠 전화번호를 눌렀다.

이틀 뒤 대구에 갔던 오빠가 아재의 유골함과 유품이 든 상자를 들고 섬으로 왔다.

"시상에나! 불쌍한 사람, 어쭈고 사진 한 장 읎이 살다가 갔으까나!"

영정 사진 없이 유골함만 온 것을 보면서 엄마가 눈물을 훔쳤다. 사진으로나마 아재를 볼 수 있을까 했던 나도 섭섭하기는 마찬가지였다. 우리는 목사님을 모셔와서 간단하게 장례 예배를 드렸다. 그런 다음 아재의 유언대로 벼락섬이 보이는 바닷가로 가서 유골을 뿌렸다. 바람이 좋아 뼛가루가 골고루 흩어졌다고 오빠가 말했다. 요양원에서 받아온 아재의 유품 상자를 열었다. 누런 봉투와 책 한 권이었다. 정확하게는 책 속에 봉투가 끼워져 있었다. 봉투 안에는 벼락섬 땅문서가 들어 있었다. 모조리 다 팔아치운 줄 알았는데 그게 남아 있었다며 엄마는 눈을 똥그랗게 뜨고 입을 다물 줄 몰랐다. 벼락섬을 우리한테 준다는 편지가 들어 있었다. 분에 겨운 선물을 받은 엄마는 그간 아재와 피붙이마냥 지냈던 일들을 끝없이 꺼내놓으며 눈물을 찍어냈다.

'쩌그 저 섬 너 줄게. 좀 더 크면 너 꼭 줄게'

아재 얼굴이 누런 편지지에 파도로 너울거렸다.

봄날의 파편

철부선에 차를 싣는데 전화벨이 울렸다. 후진 기어를 넣고 비틀비틀 갑판으로 올라갔다. 땅딸막하고 꾸부정한 선원이 갑판 안쪽에서 두 팔을 흔들며 '오라이, 오라이'를 외쳤다. 평일이라 갑판이 텅 비었는데도 남자는 차를 자꾸만 안쪽으로 밀어넣었다. 그러는 동안 전화벨은 끈질기게 울렸다. 마침내 남자가 스톱을 외치며 차 궁둥짝을 탕탕 때렸다. 나는 브레이크를 밟고 핸드브레이크를 힘껏 잡아당기며 통화 버튼을 눌렀다.

"어디야?"

"응, 지금 배에 탔어."

"벌써?"

전파방해를 받는지 남편 목소리가 자꾸만 지직거렸다.

"나는 이따 막배로… 들…어 갈게…."

그러면서 전화가 끊겼다. 널따란 철부선 갑판에 차가 4대 실렸다. 내 차 옆에는 1톤 청색 트럭이 바싹 붙어 있었다. 트럭 운전사는 차창을 내리고 담배를 태웠다. 트럭 앞 범퍼가 깨져서 너덜거렸다. 문짝도 퉁퉁 쥐어박혀 성한 데가 없고 칠이 벗겨진 곳마다 녹이 슬었다. 차창을 내리고 담배를 꼬나문 남자 얼굴이 험상궂었다. 반백의 머리카락이 뒷덜미와 귓불까지 덥수룩해서 나이를 가늠하기는 힘들었다. 한 오십 중반은 돼보였다. 얼굴빛이 거멓고 칙칙한 게 자연스레 그을린 게 아니라 어딘지 병색이 짙어보였다. 담배를 끼운 왼손 팔목에 문양을 짐작할 수 없는 문신이 불량스럽게 새겨져 있다. 왼팔을 차창 밖으로 툭 떨어뜨렸는데 힘줄 툭툭 불거진 팔뚝이 위협적이었다. 게다가 왼쪽 눈 바로 아래로 새끼손가락 한마디 정도 되는 흉터가 눈에 들어왔다. 저 남자 분명 상습폭행으로 감방을 들락거렸거나 범죄를 저지르고 섬으로 숨어들었을 거라는 생각에 이르렀다.

트럭 뒤쪽 적재함을 살펴보았다. 2단짜리 조화가 모로 누워 있고 종이 박스 두 개가 바닥에 깔려 있다. 한쪽 구석에 돼지 한 마리가 엉거주춤 묶여 있는 게 보였다. 붉은 빛이 도는 중돼지였다. 짐칸에 실린 것들을 보아하니 초상집에 들어가는 물품이었다. 조막만한 섬에 초상이 두 군데 났을 리가 없었다. 그렇다면 나와 저 트럭은 행선지가 같다는 거였다. 순간 안도의 한숨이 나왔고 방금 전까지 험상궂어 보였던 트럭 운전사가 남편의 한두 해 선배쯤으로 보였다. 나는 그제야 차창을 내리고 바닷바람을 마음껏 들이마셨다.

어젯밤이었다. 독서실에서 아들을 태우고 집으로 오는데 서울 출장 중인 남편이 전화를 했다. '큰아버지가 돌아가셨대, 어쩌지? 나는 내일 오전에나 일이 끝나거든. 마치면 곧장 그리로 갈 테니 당신 먼저 출발해, 혼자 갈 수 있겠지?' 나는 엉겁결에 응, 하고 대답했다. 나 혼자 차를 몰아 그 섬에 들어간 적은 없었다. 선착장까지는 어떻게든 운전할 수 있겠는데 철부선에 차를 싣는 일이 걱정이었다. 남편이 운전해도 무섭기는 마찬가지였다. 매번 차가 바다에 추락하는 상상을 하며 조수석에서 가슴을 졸이곤 했으니까. '그래, 나 먼저 갈게.' 이렇게 대답해놓고는 순간 놀랐다. 죽음은 산 자들이 감당키 힘들던 일들을 한순간에 하찮게 만들어버리기도 했다.

큰아버지는 많지도 않은 형제분들을 모두 앞세우고 유일하게 남은 집안 어른이셨다. 일찍이 한국전쟁에 참전했다가 부상을 당하셨다고 했다. 큰아버지는 우리에게 '내가 거죽은 요래 멀쩡해보여도 엑스레이를 찍으면 오른쪽 가슴께 요만한 쇳조각에 박혀 있어' 하고 고통을 호소했다. 전쟁 막바지에 후퇴하는 인민군을 쫓다가 수류탄 파편이 가슴에 박히고 말았다. 파편을 제거하는 수술이 너무 위험해서 약으로 버틴다고 하셨다. 오랜 세월 큰아버지는 몸속에 박힌 파편으로 그날의 끔찍한 기억을 끌어안은 채 살아와야 했다. 전쟁 이후 줄곧 외딴섬에 살아서 보훈연금도 환갑이 지나서야 받을 수 있었다.

큰아버님은 일 년 전 오토바이사고로 머리를 다쳐 지금껏 병원생활을 해왔다. 노구인데다 워낙에 큰 부상이었다. 기적을 바랐으나 결국엔 돌아가셨다. 생전에 큰아버지의 간곡한 뜻을 받들어 장례를 집에서 치르기로 했다. 큰집은 아들만 둘인데 큰아들은 일찍 사고로 잃었고 둘째는 아직 미혼이었다. 그렇다보니 집안에 여자가 없었다. 이번 큰일에 내가 며느리 노릇을 해주길 남편이 바란다는 걸 눈치로 알 수 있었다.

섬 이름이 옥도다. 처음엔 욕도라고 알아들었다. 나는 결혼하고 처음으로 옥도라는 섬을 알았다. '섬 이름이 옥도예요?' 물으면 어른들은 '오야, 맞다' 하고 고개를 끄덕였다. '여기가 욕도 맞죠?' 되물으면 '오야, 맞다니께' 하며 건덩건덩 대답했다. 기실 섬사람들은 옥도나 욕도나 상관없다는 투였다. 옥도는 지리적으로 전라도와 경상도 사이에 있어 두 지역 사투리가 공존했다. 억센 경상도 말투와 느리고 구수한 전라도 말투가 섞여서 듣다보면 웃음이 나왔다. 부모를 일찍 여읜 남편은 큰아버지를 친아버지처럼 따르고 모셨다. 나도 결혼하고 얼마간은 명절 때마다 남편과 함께 꼬박꼬박 옥도에 인사를 왔었다. 그러다가 아이를 낳고 점점 꾀가 생기면서 남편만 보내기도 했다.

큰아버지는 오토바이 사고 후 줄곧 병원에 계셨다. 지난 설에 중환자병실에서 미라처럼 말라가는 모습을 뵌 게 마지막이었다. 더는 가망이 없다는 말에 앙상한 손을 잡아드렸다. 그러자 입때 물 한 모금 못 넘기시고 의식도 없다는 분이 어디서 그런 힘이 났는지 뼈만 남은 갈퀴손으로 내 손을 감아쥐었다. 어찌나 세게 쥐었던지 내 손가락 마디가 끊어질 것 같았다. 사실 아프다기보다는, 큰아버지에게 이끌려 죽음의 세계로 빨려들 것 같은 두려움에 나도 모르게 소리를 지르고 말았다. 옆에 있던 남편이 '큰아버지이…' 하고 다정히 부르며 손을 어루만지자 그제야 내 손을 풀어주셨다.

옆에 있던 트럭이 시동을 걸었다. 요란한 소음에 놀란 나는 두 손으로 핸들을 꽉 움켜쥐었다. 어느새 이십 분이 훌쩍 지났고 옥도에 도착했다. 길게 쌓은 방파제 끝이 선착장이었다. 철부선 발판이 경사진 선착장에 내려지고 있었다. 청색 트럭이 먼저 빠져나가길 기다렸다가 그 뒤를 따라 움직였다. 철부선에서 내려 선착장 경사로를 오르는데 앞서가던 트럭 뒤꽁무니에서 시커먼 매연이 뿜어나왔다. 차를 멈추고 매연이 흩어지기를 기다렸다가 다시 경사로를 올라갔다. 트럭은 곧게 뻗은 방파제를 빠르게 달려갔고 시야에서 사라졌다.

섬은 성장을 멈춘 채 빠르게 늙어가고 있었다. 내가 이 섬에 처음 왔던 그때가 옥도의 전성기였다는 생각이 들었다. 그때는 섬에 젊은이와 어린아이들도 제법 뛰어다녔다. 깃발을 단 고깃배들이 바다와 섬을 바지런히 들고났고 잡은 생선을 선착장에서 사고파는 파시가 반짝 열리기도 했었다. 아이들은 자라는 족족 육지로 나갔고 섬에는 노인들만 남아 쓸쓸히 늙어가는 중이었다.

천천히 차를 몰아 산모롱이를 돌아서자 앞서 간 청색 트럭이 비상등을 점멸하고 서 있었다. 차 두 대가 간신히 비켜갈 수 있는 좁은 길이라 트럭 뒤에 차를 세우고 점멸등을 켰다. 차창을 내리고 얼굴을 들었을 때 눈앞 언덕배미에 불을 놓은 듯 철쭉꽃이 번지고 있었다.

"야야! 이리 나온나!"

트럭 남자가 고개를 빼고 철쭉더미를 향해 소릴 질러댔다. 붉은 꽃무더기가 굼틀굼틀 움직이더니 여자아이 하나가 배시시 얼굴을 내밀고나왔다. 한 손에 꺾어쥔 꽃가지에 붉고 탐스런 꽃잎이 어지러이 흔들거렸다.

"고마 퍼뜩 집에 드가라!"

트럭 남자가 다시 소릴 질렀고 여자애는 이를 드러내고 방싯거렸다. 웃는 모습이 어딘가 모자라보였다. 중학생이거나 그보다 살짝 어려보였다. 굵고 숱 많은 머리를 집에서 쓰는 날이 뭉툭한 가위로 대충 잘랐는지 끝이 삐뚤삐뚤하고 촌스러웠다. 여자아이는 연분홍색 추리닝을 입었다. 한쪽 소매를 팔꿈치까지 걷어올려서 희고 가는 팔뚝이 드러났다. 내 뒤로 멈춰 섰던 차들이 다투어 빵빵거렸다. 트럭 남자는 여자아이를 향해 다시 뭐라고 소릴 질러대다가 시커먼 매연을 싸갈기며 출발했다. 여자아이는 지나는 차를 향해 꽃가지를 흔들며 강중거렸다.

큰집 철대문이 떨어져나가고 입구가 훤했다. 철문을 일부러 떼어냈는지 담벼락에 비스듬히 누워 있었다. 낡은 기둥과 흙벽이 기와지붕을 힘겹게 지탱하고 지붕 군데군데 기왓장 떨어져나간 자리를 허연 비료포대로 덮어 땜질했다. 그 틈으로 새파랗게 잡초가 자랐다. 널찍한 마당 한가운데에 광목 휘장이 둘러쳐 있어 상갓집 분위기가 물씬했다. 휘장 주변으로 마을어른들이 분주하게 움직이고 있었다.

"아이고, 질부 오는가? 어여 어여 오소."

큰아버지를 임종 때까지 수발하신 아주머니가 맨발로 달려나와 반겼다. 아주머니는 수년 전에 이 집에 들어와서 큰아버지와 함께 지내셨다. 푼더분하고 서글서글한 아주머니를 우리는 큰어머니인 양 대했다. 나는 아주머니께 이끌려 안방에 들어가 영정 앞에 절을 올렸다. 영정사진을 보면 으레 눈물이 날 줄 알았는데 어찌된 일인지 먹먹하기만 할 뿐 눈물 한 방울 나오지 않았다. 곁에 있던 아주머니가 내 손을 붙잡고 한바탕 통곡을 해줬다. 눈물이 나지 않아 무색하던 차에 참 고마웠다.

"고만 울어야. 머리 아픈께."

아주머니 혼자서 다 울어놓고는 내 어깨를 일으켜 부엌으로 데려갔다. 부엌에서는 동네 여자 서넛이 음식 장만에 바빠보였다.

"먼 길 오니라고 배고프재이. 어여 먹소. 먹어야 울기도 하고 일도 하재이."

아주머니가 밥과 국을 두레상에 차려와 내 앞에 내밀고 수저를 쥐어줬다. 허기가 지던 참이라 국에 밥을 말았다. 한 숟갈을 막 뜨려는데 집 바로 뒤에서 음악이 요란하게 터져나왔다. 앗싸! 우루루히! 방정맞은 추임새를 넣어 리믹스한 뽕짝에 처마가 들썩일 정도였다. 상갓집에 트로트라니, 민망함해서 눈치를 살폈다. 부엌에 모였던 여자들이 다투어 한마디씩 한다.

"아따, 잡놈이여! 암만 호상이래도 그렇지, 초상집 뒤꼭지에 대고 저게 뭔 짓이래?"

"냅둬요. 그런 거 다 알믄 저 눔이 사람이게?"

"충식이 어매아배 배창시 다 녹았을 거여. 오죽하면 마흔 넘은 자슥을 집에다가 붙잡아놨겄어."

"저 눔아가 뭔 일을 내도 낼 꺼라. 아레께는 새벽까지 전축을 틀어놔서 우리 집 양반이 한숨도 못 잤다니께. 그래 낮에 찾아가서 한마디 했더니만 눈깔을 부라림서 나를 잡아묵을라고 들대. 징한 놈이여!"

여자들이 뒷집 충식이를 하도 맛나게 씹어대는 통에 밥이 입으로 들어가는지 코로 들어가는지 몰랐다.

마당가에 솥단지가 걸리고 물이 끓었다. 여자들은 부엌과 곳간에서 나물을 다듬고 떡을 썰고 국을 끓여내느라 잰걸음을 옮겼고 남자들은 휘장 안에서 술을 마시거나 몇은 헛간 쪽에서 상여를 준비했다. 내가 원체 일이 서툴고 행동도 더디다보니 그나마 밥 짓는 일이 만만해보였다. 쌀바가지 꿰차고 우물물을 길어다 쌀을 씻어 밥솥에 안쳤다. 그때 청색 트럭이 대문간으로 들어왔다. 트럭에서 떡 상자와 술 궤짝이 척척 내려지고 근조화환이 기둥 옆에 세워졌다.

"아따, 뒈지기 싫다고 지랄염병을 떤다, 떨어!"

남자가 트럭 짐칸에서 돼지를 끌어내리느라 한바탕 소란스러웠다. 돼지는 저 죽을 줄 아는지 트럭 위에서 필사적으로 버텼다. 굵은 노끈이 돼지 목에 감기자 흥분한 돼지 꽁무니에서 오줌줄기가 세차게 뿜어져 나왔다. 오줌을 옴팡 뒤집어 쓴 남자는 돼지 목에 걸린 노끈을 있는 힘껏 잡아당겼다. 돼지가 눈을 희번덕거리며 땅바닥으로 툭 떨어졌다. 벌러덩 뒤집힌 돼지 뱃살과 허벅지가 출렁거렸다. 둘레둘레 모여들어 구경하던 사람들이 그걸 보며 우습다고 배를 잡았다.

"어이, 엽아! 쩌번처럼 난도질 하덜 말고 단방에 잡아봐래이."

남자 이름이 엽이었다. 엽은 벌써 한 잔 했는지 목덜미까지 불콰했다. 웃옷을 벗어 대문께 감나무에 걸쳐놓고 커다란 망치와 식칼을 들고는 땅바닥에 뒤집혀 있는 돼지를 향해 걸어왔다. 엽은 돼지 목에 감긴 노끈을 바투 쥐고 힘껏 당겼다. 버둥대던 돼지는 노끈에 목이 죄어 더는 꼼짝을 못했다. 망치를 쥔 엽의 손이 하늘로 높이 치솟았다. 나는 고개를 돌려버렸다.

퍽, 한 방이면 바로 죽을 줄 알았다. 그런데 맷집 좋은 녀석은 꾸애액 소리를 내지르며 버둥거렸다. 퍽, 퍽, 한 방 또 한 방이 내리쳐졌다. 꾸애액, 꾸액, 돼지는 그렇게 망치를 맞으면서도 살아보겠다고 비명을 지르며 묶인 다리를 버둥거렸다. 엽의 얼굴과 몸에 핏물이 튀어 차라리 엽이 가여울 지경이었다.

"징혀라, 어휴우 징혀!"

내 옆에서 지켜보던 아주머니가 머릴 세차게 흔들며 안방으로 들어가버렸다. 망치가 또 몇 차례 공중으로 솟구치고서야 돼지는 시르죽었다. 배가 움직이는 걸 봐선 아주 죽은 것 같진 않고 기절한 듯했다. 돼지가 널브러지자 엽의 목청이 한층 짱짱해졌다.

"와, 내가 왕년엔 이까이꺼 단방에 해치웠는데 말이지."

엽이 손바닥을 쫘악 펴서 제 목께 대고 스윽 긋는 시늉을 했다.

"사격 실력도 끝내줬다고. 광장서 핸드마이크 잡고 씨불이던 빨갱이년을 한 방에 조져버렸거든."

엽이 식칼 든 손을 정면으로 향해 곧게 뻗었다. 순간 칼날에 베인 햇살이 사방으로 흩어졌다.

돼지는 앞발뒷발이 마주 묶여 수돗가로 옮겨졌다. 엽이 가스통에 연결된 불방망이로 돼지털을 그슬리기 시작했다. 아직 숨이 붙어 있던 돼지는 불길이 몸에 닿자 꽤액꽥 소리를 지르며 다시 버둥거렸다.

산 채로 털을 그을리고 나서 식칼로 돼지 멱을 푹 찔렀다. 마침내 돼지는 네 개 다리를 바르르 떨며 숨이 끊어졌다. 누군가 커다란 물통을 재빨리 갖다대고 더운 피를 받아냈다.

"아유, 저게 안즉 안 죽었어?"

언제 나왔는지 쌀바가지를 든 채 넋이 나간 얼굴로 서 있는 내 옆구리를 아주머니가 툭 건드렸다. 엽은 칼을 쥔 손목에 힘을 단단히 줘 목에서부터 아래로 죽 그어내려 배를 갈랐다. 엽의 손놀림은 재고 능숙했다. 손목까지 피가 흥건한 엽을 보며 아주머니는 혀를 내둘렀다.

"저 눔 참말로 징해야. 저라이 지 마누래가 새끼도 놔두고 내빼불었재. 허구헌 날 술만 처먹고 지랄하고 니미럴."

"저 사람 애가 있어요?"

"잉, 딸내미가 하나 있어야. 즈그 어매를 탁해서 겁나게 이뻐야. 근디 정신이 이래."

아주머니가 집게손가락을 이마께 대고 빙빙 돌렸다. 아까 철쭉꽃 무더기를 지나며 보았던 그 여자아이가 떠올랐다. 어쩐지 이상타 했더니만 역시 아픈 애였다.

"저 인간이 술만 처마시면 때리고 부수고 생지랄을 해대니 성한 자슥이 나올 턱이 있겄어? 성한 자슥이라도 옳게 몬 크지."

"애 엄마는 언제 집을 나갔는데요?"

"갸가 참말로 착허고 순했어야. 근디 오죽허면 탯줄도 안 떨어진 핏덩이를 내뿔고 그 질로 나가부렀겄냐. 저런 인간하곤 암도 못살어야. 암만, 못살지."

아주머니는 입술을 앙다물고 몸을 바르르 떨었다.

"그나저나 인자는 딸내미를 어디 시설에 보내든가 해야재, 저래 놔뒀다간 안 될 건디."

"시설에는 왜요?"

아주머니는 누가 듣는다고 내 귀에 바짝 입을 대고 속삭인다.

"가시내가 다 컸어야. 언제 쩍부터 엉덩짝에다 피를 묻혀 댕긴다니께."

내 귓불에 속살대는 아주머니 입에서 생리혈 같은 비릿한 내가 풍겼다. 엽이 식칼을 숫돌에 갈아가며 죽은 돼지를 이리저리 나눴다. 그러면서도 자발없이 입을 놀렸다. 구경꾼에 둘러싸여 제대로 들리지 않았지만 아주머니는 무슨 말인지 다 아는 듯했다.

"쥑일 눔이여. 술만 처마시면 공수대에서 사람 때려죽인 걸 뭔 자랑이라고 저래 씨부리는 모르겄어."

나는 들고 있던 쌀바가지를 떨어뜨릴 뻔했다. 단어 하나가 흉기가 되기도 했다.

그날, 어디서 쏟아졌는지 철모를 눌러쓴 군인들이 시내를 행군했다. 단발머리 여학생들은 영문을 모른 채 교실 창문을 열고 구경했다. 두 팔을 흔들어 환호하는 애들도 보였다. 친구 정애는 군인아저씨에게 위문편지 보낸 얘기를 자랑했다. 그때 탕탕탕탕탕, 엄청난 폭발음이 터지고 공중에 안개 같은 흰 가루가 자욱했다. 이어 두 눈이 따끔거리고 눈물 콧물이 나왔다. 순식간에 그들은 돌변했고 시민들을 향해 곤봉을 휘둘렀다. 우린 뭔가 잘못되었다고 아니 잘못 본 거라며 서로를 바라봤다. 혹시 전쟁영화를 찍는 거 아닐까? 친구 정애가 얼굴을 감싸고 울먹였다. 도로에 희뿌연 연기 자욱한데 한 청년이 군인들이 휘두르는 곤봉에 맞아 맥없이 고꾸라졌다. 골목골목으로 흩어지는 사람들과 그들을 쫓는 군인들로 순식간에 눈앞은 아수라장이 되어갔다.

"하이고, 이를 우짜면 좋으까이."

저뭇하도록 입관이 늦어지자 아주머니가 발을 동동거리며 안방으로 부엌으로 쫓아다녔다. 마을에 노인들만 살아 선뜻 나서서 시신을 염하겠다는 이가 없었다. 아주머니가 먼 친척어른을 모셔와 염을 부탁했다. 마침내 안방으로 나무관이 들여지고 염이 시작되었다. 염하는 동안 나는 여자들과 부엌에서 기다렸다. 시신에 욕창이 심하고 몰골이 흉하니 하는 소리들이 안방서 들려나왔다.

"어이! 가위!"

안에서 가위를 찾았다. 누구 하나 냉큼 움직이려고 하질 않아 내가 가위를 들고 들어갔다. 가위를 건네주면서 관에 눕힌 시신을 설핏 보았다. 비취색 명주 수의에 몸이 둘둘 감겨 있는 시신이 꼭 누에고치 같았다. 다행히 얼굴을 가려놓아 무섬이 덜했다. 시신이 놓였던 윗목에 핏물이 고여 있다. 핏빛은 주술처럼 사지를 무력하게 만들고 말았다. 아주머니는 시신에서 벗겨놓은 옷가지로 재빠르게 핏물을 훔쳤다. 시신을 염하는 동안 아주머니 혼자 섧게 우셨다. 나는 아주머니 어깨를 감싸드리며 생전에 내게 따듯하셨던 큰아버지를 떠올려 보았다. 슬픔이 목구멍까지 차올랐지만 끝내 눈물 한 방울 나오지 않았다. 울지 못하는 것도 지독스런 병이었다. 눈물을 흘리지 못하면 몸 속 장기가 대신 운다는 말을 들은 적 있다. 그래서일까. 슬픈 일을 당하면 심장께 찌릿찌릿한 통증이 느껴지다가 창자가 끊어질 듯 아팠다. 그날 이후로 자주 그랬다.

오빠에게 이끌려 화순 집으로 가는 길이었다. 군인들의 폭력이 거세지고 시내 한복판에 탱크가 돌아다녔다. 그날 등교하자마자 담임이 눈물을 글썽이며 우리를 집으로 돌려보냈다. 시내는 전쟁터를 방불케 했다. 그렇게나 소원하던 여고에 진학하고 꿈같은 두 달이 지나는 중이었다. 도시에서의 학교생활은 신나고 즐거웠다. 바로 며칠 전까지만 해도 그랬는데 하루아침에 세상은 전쟁터가 돼버렸다. 오빠 손에 이끌려 화순으로 가는 버스를 타고 너릿재 등허리께 막 오르면서 오늘도 여느 날과 크게 다를 거 없다며 정말이지 아무 일도 없을 거라며 중얼거려봤다. 버스 안에는 여남은 명이 굳은 표정으로 앉아 있었다. 뒷자리에 여자애 하나가 소리를 내지 못하고 말가니 눈물만 흘렸다. 대학생으로 보이는 남자 둘이 옷 속에 무기를 감추고 있었지만 외면했다.

나는 무엇보다 정애와 약속을 지키지 못한 게 몹시 걸렸다. 교문을 나설 때 정애가 '헌혈하러 갈래?' 물어서 별 생각 없이 그러자고 대답했다. 집에 들러 교복만 갈아입고 기독병원 정문에서 다시 만나기로 하고 헤어졌다가 자취방 앞에서 지키고 있던 오빠에게 붙잡혀 버스에 태워지고 말았다. 정애랑 약속을 했다고, 가서 못 간다고 말하고만 오겠다고 졸랐지만 오빠는 들어주지 않았다. 오빠는 며칠 사이 아주 딴사람이 되어버렸다. 장난기 가득하던 눈빛은 찾아볼 수가 없었다. 그런 오빠를 보며 인간이 자존심을 짓밟혔을 때, 그것이 천천히 깨질 때의 분노는 그 어떤 압박과 폭력도 막을 수 없음을 느꼈다. 설령 그 끝이 죽음으로 치닫는다 해도.

차창으로 보이는 고갯길이 그날 따라 낯설었다. 고갯길 한쪽에 철쭉이 불을 지핀 듯 타고 있었다. 벌써 오월이었다. 철쭉을 진달래라고 우기다가 오빠에게 꿀밤을 맞은 일이 떠올랐다. 하마터면 철쭉꽃으로 화전을 부칠 뻔한 적도 있었다. 철쭉은 하냥 피어 저리 붉은데 세상은 온통 먹빛이었다. 버스가 고개 중턱쯤 올랐을까. 천둥치는 총소리와 함께 총탄이 버스를 향해 소낙비처럼 쏟아졌다. 버스는 균형을 잃고 비틀거렸다. 너나 할 것 없이 비명을 질렀고 버스는 무섭게 뒤로 내달리다 곧 멈췄다. 살려달라는 절규가 버스 안에 가득 찼다. 차문이 열리고 내 몸뚱어리는 누군가의 발길질에 떠밀려 발판을 굴러떨어졌다. 내가 떨어진 곳이 철쭉무더기였다.

버스에 탔던 사람 모두가 죽었다는 건 병원을 나오고 한참 뒤에야 알았다. 나를 떠밀어낸 오빠는 온몸이 벌집이 되어 눈을 감지도 못한 채 죽었다고 했다. 그날, 헌혈을 하러 나갔던 정애는 하복을 빨아 옷걸이에 곱게 걸어놓고 다시 돌아오지 않았다. 몇 번이나 나를 찾아온 정애 엄마에게 나는 아무 말도 하지 못했다. 사람들은 하나같이 말을 잃었고 기억을 잃었다.

막배로 남편이 들어왔다. 사촌들도 함께 몰려와서 초상집은 한결 떠들썩했다. 병풍 뒤 잠든 망자에게 누구 하나 관심이 없고 친척들은 오랜만에 만나 마냥 즐거웠다. 음식을 담아내고 담아내도 끝이 없었다. 마을사람들은 낮부터 저물도록 초상집에서 먹고 마셨고 심지어 담아갔다. 마당 가운데 쳐진 광목 휘장 안에서 아낙들이 도시락을 싸며 하하 호호 웃고 떠드는 소리가 축제전야 같았다. '세월 가기는 흐르는 물과 같고, 인생이 늙기는 바람결 같구나야.' 늙수그레한 한 아낙이 거나해져서는 덩실덩실 춤을 춰댔다. 그래도 누구 하나 뭐라거나 인상 찌푸리지 않았다. 나는 슬그머니 뒤란으로 가서 엎어놓은 항아리에 엉덩이를 걸치고 앉아 딴딴해진 종아리를 주물렀다. 뒷집서 들리던 뽕짝은 언제 꺼졌는지 조용했다.

문득 집에 혼자 두고 온 아들이 걱정되었다. 중간시험 기간이라 데려오지 못하고 근처 사는 이모한테 부탁하긴 했는데 종일 아이 목소리를 못 들었다. 휴대전화를 열어 시간을 보니 아직 독서실에 있을 시간이었다. 그때였다. 시커먼 물체가 뒷담을 넘어 툭 떨어졌다. 나는 화들짝 놀라 휴대전화를 바닥에 떨어뜨렸다. 얼마나 놀랐으면 외마디 소리조차 내놓지 못했다. 뒷담을 넘은 검은 물체는 맨발이었고 술냄새가 진동했다. 직감적으로 그가 뒷집 충식이라는 느낌이 들었다. 나와 맞닥뜨린 그도 많이 놀랐는지 흠칫했다. 잠시 주위를 휘둘러보던 그치는 바지춤을 추썩이며 재빠르게 옆집 담을 넘어 사라졌다.

"야! 이 개색꺄! 어딨어!"

뒤이어 쩌렁쩌렁 소리가 뒷담을 넘어왔다. 엽이 내지르는 소리였다. 엽의 소리에 놀란 사람들이 뒤란으로 뛰어왔고 몇은 뒷집으로 달려가 엽을 말렸다.

"개 썅놈의 새끼, 어데 손 댈끼 없어서 저 애린 거를…."

엽의 목청에 섞여 여자아이 울음소리가 들려왔다. 엽의 딸이었다.

"씨발 색꺄, 내 손에 잡혔단봐라. 대갈통을 깨부셔버린다."

엽의 말소리에 살의가 묻어 있다. 분에 못이긴 엽이 뒷집 물건을 마구 부수는 소리가 들렸다.

"하이고! 충식이 그 놈아가 기어코 사달을 냈네, 냈어! 어째야 쓰까나? 옥도에 줄초상 치르게 생겼어야."

동네 여자들이 뒤에서 소곤거렸다. 엽은 돼지를 잡던 칼과 망치를 양손에 들고 충식을 찾아다녔다. 아닌 밤중에 동네가 술렁거렸다.

누군가 엽의 딸을 우물로 데려왔다. 머리칼이 헝클어져 한 소쿠리고 입술은 터져 피가 흘렀다. 아랫도리에도 피가 범벅이었다. 솥에서 더운 물을 담아와 조심스럽게 얼굴과 몸을 닦아주었다. 여자아이는 새파랗게 질려 있었다. 낮에 철쭉꽃을 꺾어들고 손 흔들던 천진한 모습은 어디에도 찾아볼 수 없었다.

"아가, 충식이가 때리더냐? 어디를 때리던?"

동네 여자들이 아이를 둘러쌌다. 그네들은 충식이가 그 애에게 한 짓거리가 궁금한지 다그쳐 물었다. 갈아입힐 옷을 가져올 동안 타올로 아이 몸을 감싸 물기를 닦았다. 아이는 젖은 새처럼 떨면서 내 품에 파고들었다. 아이를 꼭 안아줬다. 엽은 새벽녘에야 제풀에 지쳐 돌아왔다. 목이 다 쉬어서 소리가 안 나왔는데 그래도 잠이 들 때까지 욕을 해대며 술을 퍼마셨다.

날이 밝자 초상집은 다시 북적거렸다. 발인을 앞두고 상주와 아주머니는 다시 곡을 했다. 장정 몇이 관을 들어냈다. 나는 여전히 눈물이 나오질 않았다. 구경하는 이들조차 손등으로 눈두덩을 훔치는데 조카며느리라는 게 눈물 한 방울 안 나와서 죽을 맛이었다. 대문을 빠져나간 상여는 아랫마을 입구까지 갔다가 다시 마을 공터에 내려졌다. 노제를 지켜보며 마을사람들은 공터 가장자리에 둘러앉아 어젯밤 늦도록 아낙들이 담은 음식을 나눠먹었다.

장례식이 축제 같았다. 어른이고 아이고 소풍 나온 것처럼 홍겹고 즐거워보였다. 햇살이 마을 공터 가득 내리쬐고 바다가 지척이라 갯내 묻은 바람까지 살랑살랑 불어주었다. 망자가 먼 길 떠나기에 더없이 좋은 날이다. 노제가 끝나고 상여를 실은 트럭이 장지로 향했다. 그때까지 엽은 코빼기도 보이지 않았다. 동틀 무렵 엽이 상여가 놓여 있던 창고 바닥에 잠들어 있는 것을 보았다. 어제 낮에 돼지를 때려잡을 때 펄펄 넘치던 호기는 간데없고 축축한 시멘바닥에 달라붙어 있는 몰골이란, 안 보는 게 나을 뻔했다.

마을축제는 상여가 뒷산 고개를 넘어가면서 서서히 막이 내려졌다. 사람들은 뿔뿔이 흩어져 돌아가고 우리도 집으로 와서 뒷정리를 하며 집에 돌아갈 채비를 했다.

"그래, 지금 출발한다. 도착하면 문자 넣을게."

이틀 만에 아들과 통화를 하고 차에 짐을 실었다. 장지에 따라간 남편이 돌아오는 대로 섬을 떠날 참이었다. 아주머니가 음식과 양념거리를 봉지봉지에 담아 트렁크에 싣고 또 실었다.

문득 충식이가 궁금했다. 충식이 살고 싶다면 이 섬을 빠져나가든가 절대 엽의 눈에 띄지 않아야 할 것이다. 어젯밤 살기등등하던 엽의 눈빛을 떠올리자 소름이 돋았다.

못내 서운함에 눈물을 글썽이며 내 손을 놓지 못하는 아주머니를 또 오겠다며 겨우 달래놓고 선착장으로 향했다. 남편이 운전대를 잡으니까 올 때보다 마음이 한결 진정되었다.

"충식인가 하는 그 친구 말인데, 어젯밤 도망치다가 많이 다쳤나봐."

"정말? 당신이 봤어?"

"포클레인 기사가 봤다더군. 거 있잖아, 요새는 무덤을 포클레인으로 파고 덮더라고. 세상 참 편해졌다니까."

남편은 말을 하다말고 항상 옆으로 샜다.

"얼마나 다쳤대? 엽인가 그 인간한테 맞은 거래?"

"아니, 도망가다 발을 헛디뎠다나봐. 머리가 깨져 피를 많이 흘렸더래. 포클레인 기사가 택시도 같이한다고…, 새벽에 연락받고 보건소에 실어다준 모양이야. 아침에 보니 해경선 불러서 일찌거니 큰 병원으로 옮기더래. 부상이 심각한 거 같어."

남편은 기사한테 들은 그대로를 무표정하게 읊조렸다. 자신과 상관없는 일엔 늘 저렇듯 무표정하다. 철저하게 감정을 통제할 줄 아는 게 저이 특기 중 하나였다.

“저것 좀 봐. 저거 철쭉꽃 맞재?”

섬에 들어올 때 엽이 트럭을 세웠던 바로 그곳이었다. 언덕배미 꽃무더기에서 배시시 얼굴 내밀던 엽의 딸이 떠올랐다. 그 애는 어찌됐을까. 어젯밤 내 품에서 떨어대던 아일 생각하니 가슴이 아팠다. 남편은 차를 세우고 차에서 내려 꽃을 들여다보았다.

“이러다 배 놓치겠어.”

“아직 시간은 많습니다요. 싸모님!”

남편은 대놓고 기분 좋은 표를 냈다. 큰아버지 마지막 가시는 길에 내가 며느리 노릇을 잘해줘서 집안에 체면이 섰다. 그래서 아주 만족스러워 보였다.

옥도 선착장에는 섬을 나가려는 차들로 줄이 길었다. 휴일 막배인데다 초상집에 온 차량까지 보태서 혼잡했다. 우리 차를 싣지 못하면 어쩌나 걱정이 들었는데 생각보다 참 많이 실었다.

오라이, 오라이.

땅딸막하고 꾸부정한 선원의 차량 유도 실력이 이때만큼은 제대로 발휘되었다. 가까스로 맨 마지막에 우리 차를 실었다. 아, 그때였다. 선착장까지 곧게 뻗은 방파제를 트럭 한 대가 빠르게 달려오고 있었다. 엽의 청색 트럭이었다. 그래봤자 철부선에는 차를 실을 공간이 없었다. 안타깝게 바라보고 있으려니 엽이 트럭을 선착장 한 귀퉁이에 세워놓고 내려서 걸어왔다. 그의 딸과 함께였다.

"저 사람, 어딜 가지? 병원에 가려나?"

"혹시 모르는 일이니 가봐야겠지."

엽은 한 손에 커다란 가방을 다른 손에 딸 손을 잡고 있다. 두 개 다 무거워 보였다.

"애를 어디 맡기러 가는 것도 같은데?"

남편은 평소 추리소설을 즐겨 읽던 실력을 유감없이 발휘했다.

"우리 차에 태워줄까요?"

나도 모르게 그 말이 튀어나왔다.

"정말? 당신 괜찮겠어?"

남편이 내 눈치를 살피며 물었다. 엽이 어떤 작자인지 알고나 있냐는 말투였다. 엽이 우리 차 쪽으로 다가오자 남편이 차문을 내렸다.

"저기…."

엽이 멈칫하고는 우리 쪽을 봤다. 그와 눈빛이 마주쳤다. 어제 초상집 마당에서 돼지를 때려잡을 때와는 사뭇 다른 눈빛이었다. 충혈이 되고 초췌했으며 말할 수 없는 절망이 담겨 있었다. 그의 눈빛을 보는 순간 나도 모르게 물을 뻔했다. '당신, 나를 알겠어요?' 그러고 보니 그를 본 것도 같다. 지독스레 낯이 익었다.

"타세요. 어디까지 가시는지 태워드릴게요."

남편이 차창으로 고개를 쑥 빼고 말했다. 어젯밤 내 품에서 바들거리던 여자아이가 나를 보더니 생글거렸다. 아이가 입은 붉은 셔츠 때문일까. 천진한 웃음이 핏빛으로 번졌다.

“괘…, 괜찮습니다. 가다가 어데 들를 데도 있고요.”

엽은 목이 쇠어 겨우 들릴락말락하게 거절했다.

“읍내 버스터미널까지라도 타고 가세요.”

내 말에 엽은 대답 대신 고개를 한번 푹 숙이더니 아이 손을 끌고 선실 쪽으로 걸어갔다.

“이야! 당신이 어쩐 일이야?”

엽이 선실에 들어간 것을 재차 확인하고 남편이 물었다.

“뭐가?”

“저 친구, 전에 무슨 짓을 했는지 몰라? 저기 그러니까 내 말은….”

남편은 그 말을 꺼낸 걸 금방 후회했다. 우리에게 그날 일은 절대 꺼내선 안 되는 일이 되어 있었다.

“저이도 피해자야. 정작 죽일 놈들은 따로 있어. 그 자들은 아무렇지도 않게 잘 먹고 잘 살고 애먼 사람들만 고통 속에 살아가지.”

남편은 입을 꾹 다물고 라디오 볼륨을 키웠다. 지지직 찌익 하는 소음이 신경질적으로 귀청을 찔렀다. 바다에선 전자기기가 전파방해를 받는 게 분명했다. 남편은 주파수를 맞추느라 골몰했다. 그날의 상처는 누구와도 나눌 수 없었다. 사랑하는 가족도 내가 당한 아픔을 대신해주지 못했다. 백부가 끝내 가슴에 품고 간 녹슨 파편처럼 그날의 상처는 오롯이 내 것이었다. 남편은 주파수가 잡히지 않자 채널 버튼을 급하게 눌러댔다. 어쩌다 잡힌 채널에서 하필이면 최신 뽕짝이 흘러나왔다. 남편은 지친 듯 볼륨을 줄이고 등받이 시트를 뒤로 한껏 재껴 몸을 눕히고는 눈을 감아버렸다.

육지 선착장이 가까워지자 갑판에 가득한 차들이 일제히 시동을 켜고 꿈틀거렸다. 철부선이 접안하기도 전에 서로 먼저 내리려는 승객들과 차가 엉켜 입구가 북적거렸다. 부두에 발판이 내려지자 철부선에서 내린 승객들은 선착장에 세워진 버스를 향해 뛰었다. 그들 속에 엽이 보였다. 한손에는 커다란 가방을 들고 다른 한손에는 딸의 손을 잡아끌고서 절룩거리며 버스로 향했다. 우리 차가 그들을 앞질렀다. 철부선에서 내린 차들이 꼬리를 물고 움직이자 비포장도로 흙먼지가 최루가스처럼 뿌옇게 피어올랐다. 먼지에 휩싸인 엽과 그 딸이 사이드미러 안에 들어왔다. 그들을 보는 내내 가슴이 먹먹하면서 아팠다. 아픈 가슴에 손을 얹고 가만가만 어루만졌다. 스윽, 날카로운 파편이 손끝에 만져졌다. 오래 막혀 있던 내 눈물샘이 비로소 터졌다. 나는 소리 나지 않게 울며 뒤를 보았다. 핏빛 놀이 하늘과 바다에 번지고 있었다. 등 뒤에 남겨진 것들이 조용히 단단해지는 중이었다.

창백하고 푸른 별 하나가

창백하고 푸른 별 하나가

커튼 사이로 햇살이 들어와 눈꺼풀을 콕콕 쫀다. 햇살에 쪼인 눈꺼풀을 반쯤 들어올리다가 다시 내려버렸다. 그렇게 눈을 감은 채 바깥을 향해 귀를 기울였다. 오늘 따라 바깥이 고요하다. 자동차 바퀴 구르는 소리, 엘리베이터 오르내리는 소리가 들리지 않는다. 으레 들려야 할 위층 쌍둥이들 퉁탕거림조차 들리지 않는 게 아무래도 수상했다. 그래, 오늘이 휴일이었어! 나는 패브릭소파에 얼굴을 듬뿍 묻고서 다시 잠을 청했다.

꿈을 꾸었다. 나른하고도 달콤한 꿈이었다. 꿈이 하도 선명해서 텔레비전 연속극을 보는 듯했다. 오빠를 꿈에서 보았다. 오빠 얼굴이 뿌연 천에 가려진 것처럼 흐릿했다. 그런데도 그 흐릿한 얼굴이 왜 오빠라는 확신이 드는지 모르겠다. 거짓말처럼 나는 똑같은 꿈을 반복해서 꾸고 있다. 오늘이 몇 번짼지 모르겠다. 잠에서 깬 나는 여전히 눈을 감은 채로 물에 젖은 책장을 넘기듯 방금 빠져나온 꿈속 상황을 아주 조심스레 펼쳐보았다.

열여섯 살 오빠와 세 살 적은 내가 마을 어귀를 걸어나가고 있었다. 오빠는 노끈으로 짠 꼴망태를 어깨에 둘러메고 앞서 걷고 내가 뒤따라 걸었다. 오빠는 뒤따라오는 나를 향해 몸을 돌리고는 뒷걸음질을 하며 내게 큰소리로 말했다. '너 태양계가 뭔 줄은 알아? 수금지

화목토천해명 아홉 개 행성이 태양을 따라 빙빙 돌고 있거든. 그걸 아주 멀리서 보면 입술처럼 요렇게 생겼대.' 오빠는 손가락으로 자기 입술선을 따라 그려보였다. 그러자 오빠 얼굴에서 입술만 또렷이 보였다. 남자가 립스틱을 바르는 거 같아 자꾸 웃음이 나왔다.

그러거나 말거나 오빠는 혼자 진지했다. '그러니까 요기가 금성, 요기는 지구, 요오기는 화성….' 자기 입술에 기어코 아홉 개 행성을 다 담고 나서는 내 얼굴에 자기 얼굴을 바짝 가져다댔다. 마치 천기를 누설하는 것처럼 목소리를 낮추더니 튀어나올 것처럼 큰 눈알을 뒤룩거렸다. '요기가 명왕성이랬지? 요기서 태양까지 거리가 엄청나게 멀어. 아마 빛의 속도로 백 년은 넘게 걸릴 걸? 근데 우주에 요런 모양 태양계가 헤아릴 수 없게 많다는 거야!' 오빠는 내가 감탄해주길 기다리는 듯했다. 오빠의 기대에 부응하려면 '어머 진짜?' 하고 입을 쩌억 벌리며 놀라는 척이라도 해야 했다. 하지만 나는 태양계니 행성이니 우주 같은 거엔 관심이 하나도 없었다. '그럼, 우리 집은 거기 어디쯤에 있어?'

나는 태양을 따라 도는 아홉 개 행성보다 내가 태어난 곳이 어디쯤인지가 더 궁금했다. 잔뜩 가슴을 부풀렸던 오빠는 '그러니까…, 음…, 그, 그러니까…' 난감해하며 입술을 잘근잘근 깨물더니 '아주 작아, 먼지보다 작아' 하면서 몸을 돌려 앞으로 걸었다. 오빠는 고개를 갸우뚱거리며 집에서 나올 때 숫돌에다 박박 문지른 조선낫을 엑스 자로 휘두르며 앞장서 걸었다. 낫날에 베인 햇살 파편이 내 눈동자에 날아와 박혔다.

"이런, 늦었어!"

소파에 얼굴을 파묻고 있던 나는 화다닥 몸을 일으켰다. 아들을 기숙사에 데려다줘야 한다는 사실을 막 떠올렸다. 아들은 집에서 차로 두 시간 거리인 K시에서 외고를 다닌다. 수능시험을 앞둔 아들은 지난 번 왔을 때보다 더 핼쑥했다. 녀석은 제 방 침대 위에 몸을 기역자로 웅크리고 누웠다. 1미터80센티 거구를 눕히기엔 슈퍼싱글이 비좁았다. 내년에 대학 들어가면 제 형을 따라 상경할 거라 침대를 바꾸지 않고 있다.

"열 시야. 씻고 출발해야지."

아들을 깨워 일으켜 세면장에 밀어넣었다. 아들이 씻는 사이 토스터기에 빵을 굽고 토마토를 꺼냈다. 노릇노릇 구워진 빵에 감자샐러드를 발라 샌드위치를 만들었다. 토마토는 끓는 물에 담갔다 꺼내 껍질을 벗기고 믹서에 갈았다. 토마토주스를 컵에 가득 부어 타올로 머리를 털면서 나오는 아들에게 안기고 한 컵 좀 안 되게 남은 건 내가 마셨다. 커피가 내려지는 사이 나는 세면장에서 고양이세수를 하고 스킨로션으로 얼굴을 가볍게 토닥거렸다. 기숙사에 도착하면 아이와 짐을 내려주고 돌아올 거라 화장은 안 하기로 했다. 언제부턴가 화장을 안 하고도 뻔뻔하게 집 밖을 잘도 돌아다니고 있었다. 진하게 내려진 커피를 보온병에 붓고 샌드위치와 주스는 따로 담았다. 그 사이 아이는 옷을 갈아입고 가방을 챙겼다. 어젯밤 캐리어에 미리 짐을 싸놓으라고 해서 휴대폰이랑 태블릿, 충전기 같은 간단한 것들만 챙기면 되었다.

바깥은 열기로 후끈거렸다. 늦더위가 제대로 기승을 부리고 있었다. 차 시동을 걸어 에어컨을 켜고 창문을 열어 환기를 시켰다. 차안이 시원해질 때쯤 아들이 나왔다. 햇살에 잔뜩 찌푸린 얼굴이 내 아들인데도 못 생겨보였다.

"야야, 인상 좀 펴라. 찡그리니깐 진짜 못났다."

아들은 트렁크에 캐리어를 넣고 조수석에 앉더니 머리 위 가리개를 쓱 내렸다. 그런 다음 잠을 잘 폼으로 좌석을 뒤로 확 젖히고 눈을 감았다. 나는 아들을 향해 입술만 삐쭉거리고 서서히 차를 움직였다.

"울 아들이랑 오붓하게 드라이브 하는 것도 이제 얼마 안 남았네. 아들 대학 가고나면 너랑 학교에 오간 시간이 너무너무 그리울 거야. 넌 어떠니?"

아들은 눈을 감은 채로 마지못해 입술만 달싹였다.

"엄마 잔소리가 엄청 그리울 거예요."

녀석한테 다정한 대답을 기대한 게 잘못이었다. 나는 그만 입을 다물고 음악을 켰다. 두 시간을 쉬지 않고 달려 학교에 도착했다. 학교 정문에 차를 세우자 아들은 차에서 내려 내게 손 한번 흔들더니 캐리어를 끌며 학교 안으로 걸어갔다. 기숙사가 학교 맨 위쪽에 있어 한참 올라가야 하는데도 녀석은 한사코 정문에서 내려달라고 했다. 심지어 비가 오는 날에도 정문에 차를 세워달래서 그때는 진짜 화가 났다. '넌 엄마가 부끄럽니? 내가 창피해서 그래?' 그러거나 말거나 아들은 씨익 웃으며 유유히 우산을 펼치고는 캐리어를 질질 끌며 학교 안으로 걸어갔다. '야, 너 진짜 못됐어. 알아?' 비를 쫄딱 맞으며 끌려가는 캐리어를 보자 화가 치밀어서 그만 소리를 지르고 말았다.

"아, 샌드위치!"

집에서 만들어온 감자샐러드 샌드위치가 조수석에 그대로 있었다. 이미 아들이 눈앞에서 사라진 뒤였다. 아들에게 전화를 했지만 받지 않았다. 설령 받더라도 되돌아올 녀석이 아니었다. 나는 그대로 차를 몰아 달렸다. 학교와 가까운 곳에 낙동강이 흐른다. 마을과 들녘을 잇는 구불구불한 강줄기를 따라 10분 정도 달리다보면 하구둑이 나오고 그 너머로 바다가 보인다. 동해처럼 시푸른 바다가 아닌 강처럼 잔잔하고 고즈넉한 바다다. 육지 가까이에 섬이 군데군데 보이고 작은 고깃배들이 물살을 만들며 그 사이를 오갔다. 아들을 태워주러 K시에 올 때마다 들르는 곳이다.

바다가 잘 보이는 언덕배미 벚나무 그늘에 차를 세웠다. 사방이 확 트여서 바람이 불어왔다. 안전벨트를 풀고 앞뒤 차창을 모두 내렸다. 머리 위 우람한 벚나무 가지에서 매미 소리가 쏟아졌으나 견딜 만했다. 운전석을 뒤로 젖히고는 집에서 내려온 커피를 마셨다. 커피는 아직 뜨거웠고 향이 진했다. 천천히 커피를 들이켜며 바다를 보고 있자니 아침나절에 꾸었던 꿈이 바다를 스크린 삼아 펼쳐지는 것이었다.

매번 비슷한 꿈이었다. 어렸을 적 오빠와 함께했던 기억은 거의 없다. 그런데도 오빠가 꿈에 자주 나왔다. 어릴 때부터 오빠는 인물이 훤하고 머리가 좋았다. 중학교 다니는 내내 전교 1등을 놓치지 않았고 도내 웅변대회와 영어말하기대회 같은 각종 대회를 휩쓸어서 천재 소리를 들었다. 공부뿐만 아니라 달리기와 축구, 배구 같은 운동도 잘했다. 부모님은 그런 오빠를 자랑스럽게 여겼다. 내가 중학교에 들어갔을 때 선생님들이 한동안 내 이름 대신 '현조 동생'으로 불렀다. 나도 그렇게 불리는 게 그다지 싫진 않았다. 나를 바라보는 선생님들의 눈빛은 흐뭇하고 듬직했다. 오빠가 고등학교 입학 원서를 작성하던 즈음 아버지가 사고로 돌아가시지만 않았어도 지금쯤 오빠는 원하던 삶을 살았을 것이다.

아버지의 갑작스런 죽음으로 오빠는 하루아침에 우리 집 가장이 되었다. 상심에 빠져 몸져누운 어머니와 셋이나 되는 동생들을 돌봐야 했다. 결국 오빠는 일반고를 포기하고 국비로 다니는 선원학교를 지원했다. 선원학교를 나와 원양어선을 타면 돈을 많이 벌 수 있다는 누군가의 말에 혹해서 내린 결정이었다. 말이 좋아 결정이었지 궁지에 몰린 쥐처럼 어쩔 수 없는 선택이었다. 어머니는 수심 가득한 얼굴로 오빠를 보냈다. 다행히 오빠는 그 학교에 잘 적응하는 듯 보였다. 방학이면 하얀 제복에 모자를 쓰고 집에 왔는데 도시물을 먹어선지 나보다도 살결이 뽀얬다. 키가 훤칠하고 어깨가 당당하게 벌어진 오빠가 제복을 입고 걸어오면 마을이 다 훤했다. 반 년마다 보는 오빠 키는 십 센티미터씩 자라는 듯했다.

여름 저녁 우리 가족은 마당에 멍석을 펴고 둘러앉아 밥을 먹었다. 저녁상을 물리고도 우리는 멍석 위를 뒹굴며 놀았다. 마당 한 귀퉁이

모깃불이 연기를 뿜어내고 부모님은 쉴 새 없이 부채질을 하며 모기를 쫓아주었다. 두 분이 도란도란 나누는 얘기를 듣다가 잠이 들기도 했다. 오빠 얘기가 나올 땐 어머니 목소리가 살짝 달뜨고 아버지는 헛기침을 거푸 하셨다. 밤이 이슥해지면 아버지는 잠든 아이들을 하나씩 두 팔로 안아 방에다 뉘었다. 나는 일부러 자는 체하는 날도 있었다. 아버지는 내가 잠들지 않은 걸 알면서도 번쩍 들어다 방에 뉘었다. 평소 무뚝뚝하고 애정표현이 서툴렀던 아버지여서 그때가 유일하게 아버지 품에 안겨본 순간이기도 했다.

아버지가 돌아가시자 오빠가 잠든 동생들을 안아서 방에다 뉘었다. 그러는 동안 나는 눈을 끔벅이며 멍석에 계속 누워 있었다. 동생들을 다 옮긴 오빠는 내 옆에 누워 별자리를 알려주었다. '저건 백조자리고 저게 전갈자리야. 카시오페이아는 잘 알지?' 오빠는 가늘고 긴 손가락으로 알파벳 더블유를 그렸다. 내 눈에는 별들이 죄다 검은 하늘에 흩뿌려놓은 은하수로 보였다. '저기 국자 모양 북두칠성 보이지? 국자 끝에 있는 두 별을 이어서 그릇 안쪽으로 연장해봐. 그 길이만큼 다섯 배 정도 가면 밝은 별이 하나 보일거야. 저 별이 북극성이야. 여행자의 별이라고도 하지. 밤에 길을 잃었을 때 길잡이를 해주는 별이야.' 오빠가 가리키는 손가락을 따라 눈을 움직이자 또릿하게 빛나는 별 하나가 보였다. '어떻게 길잡이를 해주는데?' 내가 묻기를 기다렸다는 듯 오빠는 말을 이었다. '북극성은 북쪽 하늘에서 거의 움직이질 않아. 즉, 나침반이 되는 거지. 사막이나 바다 한가운데서 길을 잃었을 때 북극성을 보고 방향을 알아낼 수 있어.'

눈앞에 배 한 척이 지나고 있었다. 엄청 큰 배였다. 너무 멀어 배에 무얼 실었는지는 알 수 없었다. 큰 배는 아주 천천히 지나갔다. 머리 위에서 바락바락 울어대는 매미 소리에 뜬금없이 허기를 느꼈다. 아들이 두고 간 샌드위치를 꺼내어 한 입 베어먹었다. 빵은 살짝 눅눅했지만 빵 사이에 펴 바른 감자샐러드의 간간하고도 달금한 감촉에 입 안 가득 침이 고였다. 으깬 감자에 오이와 당근, 슬라이스햄을 다져넣은 감자샐러드를 아들이 좋아한다. 애들이 어릴 때 간식으로 감자샐러드 샌드위치를 자주 만들어줬었다. 달리 만들 줄 아는 게 없다 보니 한 가지만 만들었던 것 같다. 다행히 애들이 잘 먹어주었다. 큰애나 작은애나 순하고 착했다. 아들 둘 키우다보면 엄마가 깡패가 된다는 우스갯소리도 있지만 나는 예외였다.

특히 큰애는 대학에 들어갈 때까지 입댈 곳 하나 없이 반듯하고 순둥순둥했다. 뭐든 주는 대로 잘 먹고 싫은 내색 없이 잘 웃으며 아빠의 빈자리를 채워주었다. 과외나 학원에 의존하지 않고도 서울에 있는 대학엘 갔고 국가장학금과 아르바이트로 2년째 학업을 이어가고 있다. 내년 회계사시험에 응시하려고 준비 중이다. 그러면서도 매주 꼬박꼬박 전화로 내게 안부를 물어주고 대입을 앞둔 동생도 살뜰히 챙기는 것 같았다.

둘째는 제 형과 닮은 듯 다르다. 딱히 말썽을 부리는 건 아니지만 말수가 적고 다소 까탈스러운 아이다. 사춘기가 너무 오래 간다고나 할까. 학교 기숙사에서 생활하다가 2주에 한번 꼴로 집에 오는데 집에 와도 쿰쿰한 제 방에서 잘 나오지 않는다. 컴퓨터 앞에 앉아 있거나 잠을 자거나 기타를 만지작거린다. 그렇다고 딱히 내게 불만이 있어 보이진 않았다. 아들은 자기만의 세계에 빠진 것 같았다. 주변에 물어보면 수능생들이 흔히 보이는 행동 패턴이라니 가만히 지켜볼 뿐이다. 둘째마저 졸업해서 서울로 가버리면 나는 덩그마니 혼자 남겨지게 된다. 큰애가 집을 떠날 때와는 또 다른 느낌일 것이다. 둘째는 내가 지치고 외로울 때 제 등을 내어주던 따뜻한 아이였다. 비록 지금은 말수가 많이 줄었지만 속은 여전히 깊었다. 부드러우면서 깊은 눈매는 현조오빠를 닮았다.

오빠는 선원학교 졸업반 여름에 배를 탔다. 남보다 뭐든 잘해서 취업도 일찍 되었다. 승선 날짜가 정해지고 오빠가 인사 차 고향에 내려왔었다. 오빠의 출항 소식을 전해들은 어머니는 그날부터 행동이 이상했다. 생전 처음 보는 표정으로 안절부절못하는 게 어딘지 불안해보였다. 우물가에서 쪼그려 앉아 쌀을 씻다말고 한동안 멍했고 빨랫줄에서 걷어온 옷가지를 개다가도 어깨를 축 늘어뜨리고 또 멍했다. 수만 리 멀고먼 망망대해로 아들을 떠나보내야 하는 두렵고도 안타까운 심정이 고스란히 배인 표정이라는 걸 어린 나도 알 수 있었다.

'삼사 년 바짝 벌어서 다시 공부할게요.' 오빠가 떠나던 날 파랗게 질려서 몸조차 가누지 못하는 어머니를 꼭 안아주며 말했다. 오빠에게 안긴 어머니는 너무 작아서 그대로 푹 꺼져 사라질 것만 같았다. '너는 아무 걱정 말고 공부해서 대학에 가라. 알았지?' 나는 입술을 꽉 깨물고 고개를 끄덕였다. 그렇게 오빠는 떠났다. 하얀 제복에 닻 모양이 이마 정중앙에 그려진 모자를 쓰고 큼직한 백팩을 둘러메고는 성큼성큼 우리에게서 멀어져갔다.

그러고 두 달 만에 오빠에게서 소식이 왔다. 태평양 한가운데에서 쓴 엽서였다. '구름 한 점 없는 밤하늘 별빛을 보고 있어. 세상과의 단절이 두려움으로 다가오지만 이 순간을 극복하면 또 다른 세계를 발견하겠지. 내가 아직 어리기에 여기 사람들과 친해지려면 시간이 걸릴 것도 같아. 어머니께는 내 걱정 마시라고 전해주고 다들 건강해라.' 글을 못 읽는 어머니는 앙상하게 굽은 손으로 오빠의 엽서를 어루만지며 눈물을 흘렸다. 나는 오빠가 미리 알려준 부산 회사 주소로 답장을 보냈다. 오빠가 외항선을 타고 이리저리 옮겨다니기에 일단 편지를 회사로 보내면 오빠가 탄 선박의 이동항로에 맞춰 국제우편을 보낸다고 했다. 매달 오빠 통장에 월급이 들어왔다. 첫 월급이 들어왔을 때 어머니는 통장에 찍힌 숫자에 눈이 휘둥그레지며 겁을 먹었다. 돈의 액수만큼 오빠 몸이 고되고 또 위험할 거라며 어머니는 통장만 보면 눈물을 훔쳤다.

오빠와 약속한 대로 나는 인문고에 진학했다. 어머니는 조금씩 기운을 차려가며 농사와 살림을 꾸렸고 동생들도 제법 자라 집안일을 도왔다. 마침내 우리 집이 어엿하게 일어서는 듯했다. 나는 사범대를 목표로 열심히 공부했다. 내가 대학을 나와서 교사가 되면 오빠는 배를 타지 않아도 되었다. 오빠는 우리에게 꾸준히 편지를 보내주었다. 유럽 어느 나라의 화려한 축제를 보면서 고향에서 보낸 명절을 떠올렸다고도 썼다. 라스팔마스에서 토마토를 잔뜩 실은 배를 타고 질리도록 토마토를 먹으며 어머니의 반찬이 너무나 그립다고도 했다. 큰 파도를 만난 날 뱃멀미로 똥물까지 토해낸 일과 선박 고장으로 아찔했던 일들을 겪으면서도 오빠는 하루하루 뱃사람에 적응해 가고 있었다.

오빠가 배를 탄 지 1년이 지나고 있었다. 드디어 첫 휴가일이 다가왔다. 어머니는 오빠가 좋아하는 게장을 담고 세발낙지를 사와 냉동실에 얼렸다. 팥칼국수를 끓이면 두세 그릇을 마다않는 오빠를 위해 어머니는 해마다 팥을 심었다. 작년 물난리와 가뭄으로 간신히 한 되 남짓 되게 건진 쪼글쪼글한 팥을 꺼내어 골랐다. 오빠가 집에 오면 신을 슬리퍼와 반바지와 티셔츠도 장날에 읍내에 나가 미리 사다놓았다. 그렇게 눈이 빠지게 기다렸는데 오기로 한 날짜가 지나도록 오빠는 오지 않았다. 며칠이 지나고 오빠에게서 엽서 한 장이 왔다. 동료한테 급한 일이 생기는 바람에 휴가를 바꿨다고 적혀 있었다. 평소 오빠답지 않게 급히 휘갈겨 쓴 필체를 보자 알 수 없는 불안이 일었다.

둘째가 중학교에 들어가던 해에 남편이 우릴 떠났다. 그 사람은 자신의 삶을 살고 싶다며 입버릇처럼 말해왔고 결국엔 실행했다. 남편 작품이 대형 공모전에 덜컥 당선되면서 어렴풋하던 그의 꿈이 확고해진 것이었다. 마냥 좋아하는 내게 그는 직장을 그만두고 창작에만 매진하겠다고 했다. 나는 황망해서 한동안 말을 잃었던 것 같다. '그럴 거면 결혼은 왜 했어? 나랑 애들은 어쩌라고?' 급기야 나는 울면서 물었다. '정말 미안해. 실수였어.' '실수? 당신한테는 우리가 실수였니?' 실수라는 단어가 실패로 들렸다. 어이없고 비참했다. 그는 잘못 쓴 원고지를 꾸깃꾸깃 뭉쳐서 던져버리듯 우리를 구겨서 무참히 버렸다.

나는 남편이 언젠가는 꿈을 찾아갈 거라는 걸 예감했었다. 우리가 결혼하고 난 뒤로는 그의 눈빛이 반짝이는 것을 보지 못했으니까. 그런 남편을 위로한답시고 주제넘게 이런 말을 했었다. '자신이 원하는 삶을 사는 사람이 세상에 얼마나 되겠어? 다들 가슴에 꿈을 묻고서 현실과 타협하며 살아가는 거라고. 나도 그렇고…,' 그러자 남편이 딱 한번 물은 적 있다. '당신한테도 꿈이라는 게 있었나?' 갑작스런 물음에 나는 대답을 못했다. 어차피 남편도 내 꿈같은 것엔 관심이 없었으니까. 남편이 집을 나가고 간간이 그의 작품집 출간 소식이 들리고 그가 쓴 칼럼이 신문 문화면에 실렸다. 나이 많고 돈 많은 여자와 살림을 차렸다는 소리도 풍문으로 들려왔다. 나는 다시 일을 시작해야 했다. 경력이 단절된 마흔 중반의 여자가 일할 만한 곳은 그리 많지가 않았다.

오빠가 배를 탄 지 2년이 돼 갈 즈음 비보가 날아왔다. 선상폭력으로 사람이 죽었다는 것이었다. 오빠도 그 사건에 연루되었다고 했다. 세세한 상황을 몰라 며칠 동안 애를 태우던 중에 회사 측으로부터 연락을 받았다. 오빠가 부산의 모 정신병원에 있다는 거였다. 병원 주소가 적힌 종이를 들고 나 혼자 물어물어 찾아간 그곳에서 오빠를 만났다. 면회 신청을 하고 한참 후에 쇠창살문으로 오빠가 걸어나왔다. 후줄근한 환자복을 입고 눈동자가 풀린 오빠는 알아보기 힘들 정도로 변해 있었다. 2년 만에 보는데도 무표정한 얼굴로 다가와서 앉았다. '오빠, 나 알겠어?' '응, 알아.' '나 누군데?' '누구긴 너지.' 그러면서 실실 웃었다. 오빠가 웃을 때는 예전의 오빠 같았다. '진짜 괜찮은 거야?' '응, 괜찮아.' 오빠는 계속 괜찮다는데 어딘지 불안했고 많이 낯설었다. '근데 왜 혼자 왔어?' '그럼 누구랑 와야 해?' '누구랑?' '그래, 누구랑?' '….'

오빠는 또 누구를 기다렸을까. 그날 오빠를 보고 돌아오는데 아버지가 돌아가셨을 때보다 더 절망스럽고 막막했다.

회사 측에서 사건 경위에 대해 자세히 말해주진 않았다. 오빠가 처음부터 동료선원들과 잘 어울리지 못했다며 단정 짓는 말투였다. 오빠 기억이 오락가락하고 드문드문 끊겨서 정확하진 않았어도 오빠가 내게 들려준 얘기는 달랐다. 처음부터 선원들이 집단으로 오빠를 따돌렸다. 새파랗게 어린 게 기술직이라며 이래라저래라 지시하는 것도 마음에 안 들었을 것이다. 오빠는 목숨을 위협받을 만큼 괴롭힘을 당했다. 어느 날 한밤중에 싸움이 벌어졌다. 한참 잠이 들었는데 그들이 작정하고 오빠를 덮쳤다고 했다. 서로 치고받는 격투 끝에 상대가 칼에 찔렸다. 누가 먼저 칼을 휘둘렀는지는 모른다고 했다. 칼을 맞고 쓰러진 선원의 몸에서 흘러나온 시뻘건 핏물을 본 오빠는 충격으로 정신착란을 일으켰다.

6개월 뒤에 오빠는 퇴원해서 고향으로 돌아왔다. 하얀 제복에 당당했던 몸은 앙상했고 떡 벌어졌던 어깨는 뒤에서 보면 노인처럼 구부정했다. 우리는 이후에 찾아올 불행을 결코 예감하지 못한 채 오빠가 사지에서 살아온 것만으로 그저 감사했다. 오빠는 약을 먹지 않으면 잠들지 못했다. 약물부작용인지 손발 떨림이 심했고 급기야 턱까지 달달 떨었다. 절대 먹어선 안 되는 술을 입에 댔다. 술을 마시면 스스로를 주체 못해 소리를 지르고 날뛰었다. 결국 알코올중독으로 다시 정신병원을 드나들어야했다. 그렇게 그는 고통스럽고 볼품없는 삶을 이어갔다.

오빠가 그렇게 된 상황에서 내가 대학에 진학하는 건 무리였다. 나란히 중학교와 고등학교에 진학하는 동생 둘을 오빠 대신 내가 돌봐야 했기에 취업을 결심했다. 동생들이 학업을 다 마치면 그때 공부를 시작할 마음이었다. 친척언니의 소개로 전자회사에 들어갔다. 짧은 신입사원 교육을 마치고 배치된 곳은 에어컨 생산라인이었다. 공장 안은 쇳소리와 기계음이 가득한 삭막한 공간이었다. 내가 맡은 공정은 컨베이어벨트를 타고 내려오는 제품의 결선작업이었다. 결선이 완료된 제품은 검사과정을 거쳐 바로 제품포장으로 들어갔다. 색깔이 다른 여섯 개 전선을 고정시키면 되는 간단한 작업인데도 나에게는 만만한 일이 아니었다. 에어드라이버 사용이 서툴러서 나사가 튕겨나가고 나사머리가 마모되기 일쑤였다. '그나마 이게 제일 쉬운 일인데' 하며 반장은 난감한 표정을 지었다. 나로 인해 수시로 컨베이어벨트가 멈췄고 그때마다 반장과 조장이 달려와서 결선작업을 도와주었다. 전선 색깔을 잘못 연결했다간 폭발이 일어난다며 검사과 직원이 낑낑대는 내 뒤에 와서 겁을 주고 갔다. 빨파 검녹 흰노…, 나는 잠들기 전까지 전선색깔을 외워야 했다. 그랬는데 정말로 어느 날은 '펑!' 하는 폭발음과 함께 수백만 원하는 에어컨 실외기 한 대가 망가져버렸다. 반장과 검사과 직원이 놀라서 뛰어왔고 나는 바닥에 주저앉아버렸다. 그렇게 주저앉아 두 손으로 얼굴을 감싸고 펑펑 울었다. '넌 아무 걱정 말고 공부해서 대학에 꼭 가라. 알았지?' 말해주던 오빠가 그렇게 원망스러웠다.

바다 위를 천천히 지나던 큰 배는 어느 새 눈앞에서 사라졌다. 차문을 내리고 앉아 있으려니 머리 위에서 쏟아지는 매미 소리에 귀가 따가웠다. 차를 덮고 있던 벚나무 그늘도 조금씩 걷히고 있었다. 이제 그만 집으로 돌아가야 했다. 다시 구불구불한 강줄기를 따라 달려서 아들의 학교를 지났다. 아들은 지금쯤 짐을 풀고 침대에 누워 있거나 다음 주에 있을 모의고사에 대비해 책을 펼치고 앉았을 것이다. '점심은 먹었을까.' 요새 부쩍 핼쑥해진 아들 얼굴이 떠오르면서 살짝 마음이 쓰였다. 전화기를 만지작거리다가 그대로 고속도로 톨게이트로 들어섰다. 운전대 정면 미니 액자에 든 두 녀석의 사진에 눈이 갔다. 지지난해 큰애 졸업식 때 둘이서 다정히 찍은 사진이었다. '이젠 다 자랐어.' 사진을 볼 때마다 막막하던 지난 시간을 떠오르며 괜스레 울컥해지곤 했다.

돌이켜보니 순하고 착한 둘째가 내게 대든 적이 딱 한번 있었다. 아들은 교내 밴드동아리에서 기타를 담당했다. 아들의 유일한 취미가 기타였다. 제법 소질을 보였지만 취미로 만족하는 줄 알았다. 1학년말 아들이 학교축제에서 공연을 하던 날이었다. 그날 축제를 보러 갔다가 아들의 모습에 내심 충격을 받았다. 현란하게 일렉기타를 흔들며 무대 위에서 포효하는 아들이 너무나 낯설었다. 분명 취미라고 들었는데 내가 보기엔 취미를 넘어선 듯했다. 축제가 끝나고 한동안 내 눈치를 보던 아들은 마침내 속내를 드러냈다.

"저, 실용음악과 가고 싶어요."

"기타는 취미라며? 엄말 속인 거니?"

"처음엔 취미였어요. 그런데…."

"안 돼! 더 이상 니들 뒷바라지 하는 거 힘들어."

"학교 들어가면 어떻게든 제가 벌어서 다닐게요."

"거기 나와서 취업은? 대책은 있고?"

"…."

결국 나는 해서는 안 될 말까지 내지르고 말았다.

"내가 누구 때문에 이렇게 사는데? 나는 뭐 꿈이 없는 줄 아니?"

그 말에 아들이 바락 소리를 질렀다.

"그렇게 말하면 속이 시원하세요? 억울하면 엄마도 아빠처럼 엄마 인생 사세요. 툭하면 우리 때문에 인생 망쳤다고 원망하지 말구요."

처음으로 보는 아들의 모습이었다. 다음날 아들은 내게 사과했고 밴드동아리도 탈퇴했다. 사람이 다 자기가 원하는 인생만을 사는 건 아니라고 제 형이 충고를 했을지도 모른다. 자기 꿈을 찾아 우리를 떠나버린 남편에게 내가 눈물로 충고했듯 말이다.

"어쩌다 니가 이렇게 됐냐. 정신 좀 차려봐라. 응?"

하루하루 몸을 가누지 못하는 오빠를 향해 어머니는 화도 내보고 눈물로 호소도 해봤다. 하지만 소용이 없었다. 오빠는 태양계를 이탈한 볼품없는 행성이었다. 자꾸만 어긋나고 멀어져갔다. 망망대해 뱃사람들에게 길잡이가 돼준다던 그 별을 오빠는 어쩌다가 놓쳐버린 걸까. '씨발, 사기꾼들! 나를 병신 취급했어. 내가 만만하냐고? 저 새끼들, 내가 다 죽여버린다.' 또 무슨 일들이 떠올랐는지 오빠는 가위를 들고 난동을 부리다가 가윗날에 허벅지를 그었다. 오빠를 말리던 어머니도 벽에 부딪혀 머리를 다쳤다. 어머니는 머리가 계란만큼이나 부어올랐는데도 괜찮다며 병원에 가지 않겠다고 버텼다. 내가 집에 도착했을 때 오빠는 술에 취해서 방에 널브러져 있었다. 오빠 방은 한낮인데도 컴컴했다. 창문을 옷가지와 홑이불로 겹겹이 막아 놓았고 방문을 걸어 잠그고 며칠이고 열지 않는다고 했다. 어머니가 밥상을 방문 앞에 두고 애원하면 마지못해 밥을 들고 들어가고 다시 방문을 잠가버렸다.

"왔냐?"

오빠는 어쩐 일인지 나에게만큼은 온순했다.

"약은 안 먹고 만날 술만 마신다며?"

"약이나 술이나…."

"병원 안 가도 되겠어?"

허벅지를 감은 붕대에서 핏물이 배어났다. 오빠는 대답 대신 이불을 끌어당겨 허벅지를 가렸다.

"너 그거 아냐? 플루토가 태양계에서 퇴출됐대."

"플루토?"

"수금지화목토천해명, 아홉 번째 행성 명왕성 말야. 태양족이 되기엔 너무 작고 찌그러졌다나? 젠장!"

오빠 방 침대 맡에 펼쳐진 천문학 잡지가 보였다.

"그렇다고 그걸 갑자기 없애면 어떡해?"

"더는 쓸모없다고 쫓아내버렸대. 씨발, 누구 맘대로!"

오빠가 별에 관심을 보일 때만큼은 눈빛이 반짝였다. 여름밤 멍석 위에 나란히 누워서 밤하늘에 흩뿌려진 별을 가리키던 그때의 오빠를 다시 보는 것만 같았다. 여전히 오빠는 별을 좋아했다. 다만 보이지 않는 상처가 깊었고 쉬이 치료될 것 같지가 않았다. 나는 명왕성이 퇴출된 이유를 찾아봤다. 오빠 말대로 너무 작은 별이었다. 지구에서 50억 킬로미터 떨어진 푸른 안개로 둘러싸인 명왕성은 지구보다 달보다도 작고 공전궤도가 17도나 기울어져 삐딱하게 태양을 공전했다. 삐딱해서 밉보였을까. 작고 희미한 존재라도 저만이 빛나고 꿈이 있거늘. 결국 명왕성은 행성계의 왕따가 되고 골칫거리가 되어 태양계에서 영구 퇴출되고 만 것이다.

오빠는 내 결혼날짜가 잡히고 얼마 뒤에 세상을 떠났다. 사인은 영양실조였다.

"차라리 잘 된 거다. 사위가 선생인데, 사돈집에 흉이라도 잡힐까봐 걱정이었다. 저래 사람 구실도 못할 바엔…."

결코 어머니의 진심이 아니라는 걸 안다. 어머니에게 오빠가 어떤 존재였는지 너무도 잘 알기에…. 오빠 유품을 정리하다가 오빠가 배에서 쓴 일기장을 발견했다. 군데군데 찢긴 곳도 보였다. 차라리 보지 말았으면 더 좋았을 가슴 아픈 기록이었다. 어쩌다 망망대해에 던져진 열아홉 소년이 외로이 겪어야 했던 두려움과 막막함이 거기 숨죽인 채 아직 웅크리고 있었다. 산산이 부서져버린 소년의 꿈과 빛바랜 슬픔과 목적지를 잃은 원망도 마지막 문장부호에 안타까이 매달린 채였다. 육지와 격리된 선상 위에서 벌어진 무참한 폭력은 소년에게 어떻게든 살아남아야겠다는 의지를 불러일으켰다고 적었다. 소년을 가장 참을 수 없게 한 건 밤마다 그들이 찾아와 성적 욕구를 채우려고 괴롭힌 일이었다. 한밤중에 칼부림이 난 이유를 오빠 일기장을 보고서야 알았다. 오빠가 죽고 이듬해 어머니도 따라가셨다.

9월인데 더위가 수그러들 기미는 아직 보이지 않는다. 그래도 해는 조금씩 짧아지고 있었다. 집에 들어와 남은 커피를 털어 마시고 어지럽혀진 아들 방을 정리하러 들어갔다. 창문을 열어 환기부터 시켰다. 침대에 흐트러진 이불을 들고 나와 먼지를 털어 베란다 건조대에 널었다. 침대 안쪽 모서리에 기타가 세워져 있는 게 보였다. 기타줄 감긴 헤드머신이 살짝 녹이 슬어 있었다. 기타를 케이스에 넣어 벽장으로 된 수납장 깊숙이 집어넣었다. 아들이 벗어놓은 옷가지를 주워들고 나오는데 책상에 앨범이 펼쳐져 있었다. 아들이 꺼내어본 사진이 궁금해서 들여다보았다. 재작년 학교축제 때 사진이었다. 붉고 푸른 색깔이 뒤섞인 긴 가발을 쓰고 어디서 빌렸는지 검정 가죽 재킷에 워커부츠를 신은 아들이 기타를 안고 힘껏 뛰어오르던 순간을 포착한 사진이었다.

나는 지금도 또렷이 기억한다. 기타 줄이 끊어져라 퉁기면서 무대를 휘젓던 아들의 눈빛을…, 어릴 적 오빠랑 고향집 마당에 누워서 바라보던 북극성처럼 빛났었다. 그렇게 빛나던 눈빛을 또 어디선가 본 적이 있다. 오빠가 내 꿈에 나타나 별에 대해 얘기할 때 눈빛이 그랬다. 오빠가 죽은 후로 나는 밤하늘 별들을 쳐다보지 않았다.

아들의 앨범을 덮고 책꽂이에 끼우는데 뭔가가 툭 떨어졌다. 사진과 함께 끼워져 있던 쪽지였다. 사각으로 두 번 접힌 쪽지를 가만 펼쳐보았다.

'넌 꿋꿋이 원하는 길 가라. 형이 응원할게. 멀리서나마 공연 축하한다.'

큰애가 쓴 거였다. 그날 둘째의 공연 의상을 챙겨준 것도 큰애였다. 순간 나는 그 자리에서 휘청거리고 말았다. 근래 오빠가 자주 꿈에 보인 이유를 알 것도 같았다. 눈물이 차오르면서 쌀뜨물처럼 뿌옇던 오빠 얼굴이 또렷하게 드러났다.

고향에서 천재라고 불렸던 내 오빠가 해맑게 웃으며 저만치 앞장서 걸어가고 있었다. 노끈으로 짠 꼴망태를 어깨에 둘러메고 조선낫을 엑스 자로 휘두르며 또다시 내게 태양계를 설명하기 시작했다. 나는 앞서가는 오빠를 향해 가만히 손 내밀어보았다. 눈물로 어룽어룽해진 오빠는 끝내 손끝에 잡히지 않았다. 현조 오빠, 나지막이 오빠를 불러보았다. 지금쯤 어느 태양계에서 창백하고 푸른 별이 되어 있을 내 오빠를.

청어바다

청어바다

한나절을 허탕질이다. 새벽 동트기 전부터 바다에 나왔는데 기껏 껄떼기 몇 마리 건져올린 게 전부였다. 갑판 바닥에 납작 들러붙은 투망을 들춰보니 영판 사나흘 굶긴 자식놈 뱃가죽이다. 근동 갯바닥이 아예 씨가 말라버렸다. 용배는 계속되는 헛그물질에 맥이 빠져선 잡아끌던 그물을 내려놓고 뱃전에 걸터앉아 담배를 꺼내 물었다. 담배에 불을 붙이는 사이 한쪽 콧구멍으로 콧물이 흘러내렸다. 잽싸게 담배 한 모금 빨아당기면서 콧물을 들이삼키자 콧속이 여간 시리고 알알했다. 오늘도 일찌감치 그물질을 접어야 할 판이었다. 사십 년 넘게 이 바닥에서 그물질을 해오면서 요즘처럼 고기가 안 올라온 적도 없었다.

용배는 담배를 깊숙이 빨아들이며 주위를 빙 둘러보았다. 그의 등 뒤로 바위섬 세 개가 나란히 솟은 게 보였다. 세 개의 바위섬 주변으로는 사시사철 고기가 넘쳐났었다. 민어, 조기, 병치, 숭어, 농어…, 그물 가득 끌어올린 그것들이 갑판 위에서 파닥거리던 호시절이 까마득한 옛 일 같다. 그때는 넘쳐나는 고기를 어쩌지 못해 소금에 절이고 배를 따서 말려야 했다. 눈앞에 마주보이는 큰 섬이 용배가 사는 검생이마을이다. 마을 앞으로 모래사장이 길게 띠처럼 둘러쳐 있다. 희고 가는 은모래가 수북한 모래사장에 대나무 장대를 꽂고 민어를 말렸었다. 빨랫줄에 높다랗게 매단 민어건정이 해풍에 꾸덕꾸덕 말라가던 광경은 그야말로 장관이었다.

'예전엔 말이시, 이러구 바다에 손을 쑥 집어넣으면 손바닥에 고기가 탁탁 걸렸당께야. 아따, 못 믿겄다고야? 여그가 바로 청어바다랑게! 청어 떼가 갯바닥에 꽉 찼다고 청어바다라고 했당게.'

노인은 틈만 나면 걸걸한 목청으로 그 시절을 자랑삼아 떠들어댔다. 노인의 말은 다 사실이었다. 물통을 던져 바닷물을 퍼올리면 물보다 고기가 더 많았으니까. 가난한 이들을 살찌운다는, 등 푸른 청어 떼가 득실대던 검생이 앞바다는 보물선을 건져내느라 한바탕 난리를 치르면서 척박해져버렸다. 세상이 떠들썩할 만큼 시끌시끌한 사건이었다. 마을 앞바다에 해군 함정이 배치되었고 군인과 잠수부들까지 총동원되었다. 그들은 24미터 깊이의 심해 갯벌을 샅샅이 뒤져가며 2만 점이 넘는 유물을 건져냈다. 유물을 인양하는 작업이 10년 가까이 계속되면서 바다는 이루 말할 수 없게 황폐해졌다.

다신 떠올리고 싶지 않은, 그때 일을 떠올리고 말았다. 용배는 반쯤 태우던 담배를 바다에 던지고 몸을 일으켰다. 잠깐 앉았다 일어서는데 무릎이 끊어질 듯 아프고 장딴지가 후들거렸다. 바다에 나왔다가 허탕친 날이 어디 하루이틀이었던가. 그는 덤덤히 그물을 마저 끌어올렸다. 오늘은 일찌감치 일을 접고 집에 들어가 혼자 있는 노인네를 챙겨야겠다고 마음먹었다.

겨울에는 바닷물 색깔이 유난시리 뜰뜰했다. 서해는 물 흐름이 거칠고 물밑이 온통 개펄이라 동해처럼 맑고 푸르스름한 물색을 구경하는 날이 드물었다. 빈 그물이 거반 다 끌어올렸을 즈음이었다. 어랏! 뭔가 묵직한 게 그의 손끝에 잡혔다. 크게 팔딱거리지 않는 거로 봐서 큰 놈은 아닌 듯했다. 그래도 묵직한 게 하나 걸려든 것 같아 가슴이 뛰었다. 그물을 잡아끄는 용배의 손놀림이 빨라졌다. 이윽고 그물이 다 올라왔다. 갑판 위로 끌어올린 그물을 이리저리 살피던 용배의 얼굴에 실망감이 번졌다. 그물에 딸려 올라온 건 물고기가 아니라 거무튀튀한 개흙덩이였다.

잠시 머뭇거리던 그의 눈빛이 번득였다. 설마설마하며 그물 속 물체를 이리저리 살피던 용배는 저도 모르게 탄식을 내놓았고 그대로 두 무릎이 접혀지고 말았다. 무릎을 굽힌 채로 그물 속에서 물체를 꺼내는 그의 손놀림은 은밀하고 조심스러웠다. 물통을 던져 바닷물을 길어올려 물체에 묻은 개흙을 씻어냈다. 물체에 한몸처럼 들러붙은 개흙은 쉬이 씻기지 않았다. 한참만에 굴껍데기 덕지덕지 들러붙은 물체의 윤곽이 조금씩 드러났다. 용배는 한눈에 그것의 정체를 알 것 같았다. 그의 심장은 걷잡을 수 없이 방망이질을 해댔다. 어쩌면 오늘 그의 아내가 따라오지 않은 것이 다행이라며 안도했다. 만약 아내가 옆에 있었다면 두 말 않고 '니기미 귀신 붙은 물건아, 퉤퉤!' 침을 뱉으며 도로 바다에 던져버렸을 것이다. 아니면 뱃전에 내던져 박살을 내버렸든가. 설이 코앞인지라 아내는 아침 첫배로 읍내 대목장을 보러 나갔다. 용배는 계속해서 물을 퍼올려서 물체에 묻은 개흙을 씻어냈다.

칠백여 년 전 일이었다. 중국에서 일본으로 가던 무역선 한 척이 서해를 지나던 중 풍랑을 만나 침몰했다. 200톤급 무역선에는 도자기와 약재, 생활용품, 건축 자재가 가득 실려 있었다. 칠백 년이라는 긴 세월 동안 바다 속 깊이 묻혀 있던 난파선의 존재는 어느 날 검생이섬 어부가 던진 고기잡이 그물에 도자기 한 점이 올라오면서 세상에 알려지게 된다. 이 마을 어부가 건져올린 도자기가 중국 송나라 때 만들어진 것으로 1323년 6월 중국 닝보를 출발해서 일본 동복사로 향하던 무역선에 실린 물품 중 하나로 밝혀진 것이다. 영화에서나 보았음직한 보물선의 발견이었다.

바다 깊이 개펄 속에 파묻힌 난파선과 유물을 끌어올리는 작업이 시작되었다. 군함과 잠수사와 군 병력까지 동원된 대대적인 수중발굴작업이었다. 이 소식은 국내외적으로 크게 보도되기도 했다. 보물선이 발견됐다는 소문이 퍼지면서 도굴꾼들이 검생이섬으로 모여들었다. 고요하던 섬마을은 삽시간에 흉흉해졌고 게걸스럽고 음험한 손들이 바다 속을 뒤적질했다. 십여 년 간의 해저유물인양작업으로 도자기와 불상, 자단목 등 이만 점이 넘는 엄청난 양의 유물이 인양되었으며 중국 동전만 무려 28톤이나 올라왔다. 건져올린 보물들은 하나같이 가치를 돈으로 환산하기 힘든 것들이었다.

마지막으로 선박의 뼈대가 올라오면서 긴긴 발굴작업이 끝이 났다. 유물은 모두 국립박물관으로 옮겨졌다. 그렇게 값나가는 것들은 남김없이 저들이 가져가버렸고 섬에 남은 건 그들이 헤집어놓은 황폐해진 바다였다. 그 일이 있은 후로 검생이마을 앞바다에 가득하던 고기 떼는 씨가 말라버렸다. 게다가 찢기고 갈라진 마을 인심은 돌이킬 수 없는 지경이 되고 말았다. 이웃 간에 서로 의심을 하고 보상금 몇 푼에 신고를 하는가 하면 칼부림에 다치거나 죽는 이도 있었다. 젊은이들은 하나둘 섬을 떠났고 남은 이들은 휑한 바다에 그물을 던지며 근근이 입에 풀칠을 해왔다. 그나마 마을 어귀에는 보물섬이라는 허울 좋은 표지석 하나가 세워졌다.

이러구러 세월이 흘렀고 마을사람들은 그때 일을 조금씩 잊어갔다. 헌데 오늘 뜬금없이 그의 그물에 무언가 올라온 것이다. 용배는 그때의 악몽을 떠올리며 그렇게 한동안 갑판 위에 주저앉아 꼼짝않고 있었다. 그는 다시 바삐 손을 움직이기 시작했다. 머리에 쓰고 있던 털모자를 벗어 물건을 감싸고 노끈으로 친친 묶었다. 그리곤 서둘러 배를 몰았다. 선착장에 도착할 때까지 용배는 줄담배를 피워댔다. 선착장에 배를 묶고 털모자로 감싼 물건을 트럭 조수석에 조심스럽게 실었다. 그러는 동안 누구 하나 만난 사람은 없었다. 트럭 뒤쪽 화물칸에다 투망을 던져 싣고는 부리나케 집으로 내달렸다. 어떻게 집까지 왔는지 모를 정도로 오는 내내 그의 가슴이 요동쳤다.

아내는 아직 읍내에서 돌아오지 않았고 안방 노인은 자는지 조용했다. 용배는 노인이 깰까봐 깨금발로 정지로 향했다. 정지 뒷문을 열면 깊숙한 곳에 안 쓰는 뒤주가 있다. 그 안에다 털모자로 꽁꽁 싼 물건을 숨겼다. 그때 노인이 깼는지 드르륵 하고 안방 문 여는 소리 들렸다.

"거, 누구요?"

"나여라!"

용배는 토방에 걸터앉아 물 먹은 장화를 벗으면서 천연덕스레 노인을 쳐다봤다.

"밥줘어. 배고파."

"어멈이 방에 채려놨잖아요."

용배는 퉁명스레 내뱉으며 안방 문을 열어 밥상을 확인했다. 상보자기 해뜩 벗겨진 개다리소반에 빈 그릇만 놓여 있었다.

"밥 다 자셨구만요."

"배고파야. 언능 밥줘야!"

노인은 막무가내로 심통을 부렸다. 용배는 젖은 옷부터 갈아입고 안방으로 들어가 밥솥을 열어 밥을 푹푹 퍼담았다.

"밥 여깄소, 많이 많이 자셔라이."

밥을 본 노인은 며칠 굶은 사람처럼 허겁지겁 먹기 시작했다. 근래 노인은 치매기가 보였다. 기억이 오락가락하고 자주 헛소리를 내뱉곤 했다. 노인은 하루하루 나뭇등걸이 되어갔다. 어디다 머리를 부딪쳐서 뇌가 헐거워진 듯했다. 여든 해 넘도록 거목마냥 꿋꿋하게 버텨오다가 어느 날인가 밑동이 싹둑 잘려지고 줄기도 잎도 더 자라지 않는 쓸모없는 등걸이 되어선 안방아랫목에 단단히 박혀버렸다. 하긴 살아온 세월이 만만찮았다. 밥상에 고갤 파묻고 꾸역꾸역 밥숟가락을 욱여넣는 노인을 바라보자니 측은해졌다. 떡 벌어져 세상없이 든든하던 등짝이 금방이라도 으스러질 것처럼 허술했다. 굽은 등과 툭 불거진 등뼈, 성긴 백발을 부러 외면하는데 밥을 씹느라 덜거덕거리는 틀니 부딪는 소리에 용배는 그만 목울대가 울컥 차올랐다. 허나 그도 잠시였다. 뒤주 속에 넣어둔 털모자를 떠올리자 심장이 다시 벌렁거렸다.

그때였다. 고물 스쿠터 한 대가 달달거리며 마당으로 들어와 댓돌 아래서 멈췄다. 아랫멀 사는 봉삼이었다.

"흐미, 아재요! 도라꾸 똥구멍에 불이 붙었당께라이. 뭔 일이라도 있당가요? 아재 따라오다가 한바터면 낯바닥 갈아붙일 뻔했어라."

"뭔 일이 있간디. 본디 내 성질머리가 그리 생겨먹었재."

봉삼이 타고 온 스쿠터가 쌕쌕 더운 김을 뿜어냈다. 그는 스쿠터를 담벼락에 안전하게 세워놓고 안장을 젖혀 안에 든 소주병을 꺼내 들었다. 그리고는 절룩거리며 용배가 앉아 있는 토방으로 걸어올라왔다.

"영감님! 진지 잡숫네요. 많이 자시고 오래오래 건강하셔라이."

노인은 밥숟갈을 든 채 고개만 해뜩 돌려 바깥을 쳐다보더니 이내 밥을 먹기 시작했다.

"아재 차를 보니 바다에 나갔다오는 거 같아 점방서 두 병 사왔지라. 안줏거리는 좀 잡힙디까?"

"염병헐 거, 갯바닥이 아조 씨가 말라부렀네. 한나절 내내 껄떼기 너덧 마리 올라왔당게."

"허어, 큰일이어라이. 참말로…. 이러다가 여그 사람들 모다 굶어

죽는 거 아니까요?"

"굶어죽기야 하겠는가. 갈수록 심이 드니 그러재이."

"이참에 풍어제를 올려보까요? 그거 안 지낸 지가 오래 됐지라이."

'풍어제'라는 말에 용배는 안방을 흘끔 바라봤다. 안방 노인은 국사발을 두 손으로 움켜쥐고 허겁지겁 들이켰다. 그새 봉삼이는 소주병 뚜껑을 까서 유리컵에 술을 반쯤 채우더니 안주도 없이 급하게 마셨다. 용배는 수돗가에 쪼그리고 앉아 잡아온 것들을 다듬었다. 새끼 농어를 뭉텅뭉텅 썰어서 접시에 담아 봉삼이에게 건네고는 정지에서 초장을 종지를 덜어와서 접시 옆에 놓았다.

"해저유물인가 보물인가 허는 빌어먹을 그릇쪼가리 땜시 멀쩡하던 마을이 아주 아작이 났지라이. 생각만 하믄 아조 이가 갈리요."

"그러게나 말이시."

용배가 앞에 놓인 소주잔을 단숨에 털어넣으며 말을 받았다. 농어회 몇 점에 소주 한 병이 바닥이 났다.

"자네 성은 연락이 읎재?"

"폴새 죽었겄지라. 죽었응께 당아 소식이 읎재요, 살아 있음사 여즉 부모 성제를 안 찾겄어요?"

"허허, 무쟈게 똑똑헌 친구였는디 참말로…."

"사발 하나에 수백씩 쳐준다니 눈깔이 안 뒤집히겄어요?"

봉삼이 소주 한 병을 새로 따서 잔에 부었다. 유리잔에 그득한 소주를 벌컥벌컥 마시고는 두 눈을 껌벅거린다. 용배는 안주접시를 봉삼이 앞으로 디밀어주고는 소주잔을 들었다.

"하룻밤새 사람도 그릇도 감쪽같이 사라져불고, 자네는 성 찾겠다고 팔도를 돌다가 다리 뿌러져 돌아왔재. 세상 배린 자네 부친도 어지간히 애간장 녹다가 가셨재."

"어디 우덜만 그랬다요? 웃멀 성복이네는 즈그 아배가 감옥소 들락거리는 통에 가새가 쫄딱 내려앉었지라이. 아따 성네도 난리 한바탕 안 치랐소잉?"

용배는 술잔을 털어넣고 입술을 지그시 깨물었다. 유물조사단이 조업을 금지시키는 통에 검생이섬 어부들은 생계가 막막해졌다. 육지공사판에 막노동을 나가거나 당장 먹고 살 길이 없으니 아예 고향을 떠서 도회지 공장에 들어가는 사람들도 생겼다. 그 즈음 도자기가 큰돈이 된다는 말이 돌았다. 용배는 그물에 올라온 항아리 몇 점을 빼돌려 집 뒤 대숲에다 숨겨놨었다. 그간 해저유물인양작업으로 피해본 일을 생각하면 그깟 몇 점쯤 팔아 챙겨도 괜찮다고 여겼다. 후제 해저유물 발굴이 끝나고 세상이 잠잠해지면 몰래 팔아서 한몫 챙길 생각이었다. 목포에서 표구점 하는 친구를 통해 믿을 만한 판매처까지 물색해놓은 터였다.

오래 전부터 검생이바다에서는 항아리나 그릇들이 종종 그물에 올라오곤 했다. 어부들은 재수 없다며 도로 던져버렸다. 아주 먼 옛날 옛적에 바다에다 고려장을 지냈다는 말도 있었고 전쟁 때 피난 내려온 사람들이 몰살했다는 소문이 돌아서기도 했다. 그런 사연이 있는 바다에서 나온 그릇이라니 딱히 기분 좋을 리가 없었다. 제법 멀쩡한 건 가져와서 개밥그릇을 하거나 재떨이로 쓰기도 했다.

어느 날, 유물조사단이 형사들과 득달같이 집에 들이닥쳤다. 그들은 용배가 대숲에 숨겨놓은 항아리를 어찌 알고 단박에 찾아내어 가져가버렸다. 그 일로 용배는 지서를 숱하게 드나들며 조사를 받아야 했다. 감옥소에 끌려가지 않은 것만 해도 천만다행이라고들 했다. 뒤에 안 사실인데 대숲에 감춘 항아리를 신고한 이가 바로 그의 부친이었다. 그 일로 용배는 노인과 몹시 틀어졌다. 애비가 한평생 자식에게 남겨준 거라곤 해진 그물하고 고깃배 한 척이 고작이면서 한밑천 잡을 기회조차 훼방질이라며 용배는 술에 취하면 노인에게 악다구니를 해댔다.

봉삼이는 용배가 말리는데도 한사코 스쿠터를 끌고 돌아갔다. 밥을 다 먹은 노인은 자리에 눕자 바로 잠이 들었다. 용배는 뒤주 속에 넣어둔 물건을 조심스레 꺼냈다. 맑은 물에 물건을 담가 주둥이까지 꽉 들어찬 갯벌을 씻어내고 조개껍데기도 떼어냈다. 그러자 조금씩 제 모양을 드러냈다. 삼십 센티쯤 되는 높이에 손잡이 같은 게 양쪽에 대칭으로 불룩 튀어나와 있었다. 긴 세월 갯벌에 묻혀 있어 제 빛을 많이 잃었지만 언뜻언뜻 비치는 파르스름한 빛깔이 그를 흥분시켰다. 얼음처럼 찬 옥빛이었다. 얼비치는 그 빛깔만으로도 심상찮은 물건이라는 느낌이 들었다. 물건을 부여잡은 용배의 두 손이 가늘게 떨렸다.

"이보쇼! 시방 그거이 뭣이다요?"

눈앞에 아내가 서 있었다. 언제 왔는지 아내는 양손에 장바구니를 들고 가슴팍을 젖히고서 안 그래도 커다란 눈을 부릅뜨고서 그를 노려봤다.

"야이, 염병헐 것아! 조용히 안 허냐?"

용배는 놀라 하마터면 들고 있던 물건을 떨어뜨릴 뻔했다. 용배는 무릎과 가슴팍에다 물건을 끌어안으며 한 손으로 자기 입을 꾹꾹 눌렀다.

"그거 어디서 났소?"

"어디서 나긴, 지절로 올라왔재."

"아니, 이 양반이? 어쩔라고 그 재수 없는 걸 집에까정 들고온다요? 으예?"

"내가 알아서 헐 테니께 임자는 입조심이나 해. 알겠재?"

용배는 재빨리 물건을 털모자에 꿍쳐서 뒤주에 집어넣었다. 아내는 근심 가득한 낯빛으로 그런 남편을 쳐다보았다.

저녁 때가 되자 노인이 잠에서 깼다. 노인은 평소와 다르게 자리에서 일어날 생각을 하지 않았다. 눈만 멀뚱멀뚱 뜨고 아들을 바라보고 누워 있었다. 아내는 장 봐온 것들로 저녁상을 차렸다. 고깃국을 끓이고 계란찜에 큼직한 간고등어도 구워냈다. 고등어 굽는 냄새가 집안에 진동했다. 간만에 진수성찬이라 노인이 정신없이 덤벼들겠거니 했다. 그런데 노인은 푸짐한 밥상을 보고도 여전히 누워만 있었다.

"아부지, 일어나 저녁 잡숴요."

그렇게 아내가 몇 번을 권하는데도 노인은 퀭하니 누워 먼산바라기를 했다.

"어디가 편찮으시까요?"

아내는 걱정스레 노인의 몸을 살폈다. 용배는 밥상을 제 앞으로 잡아당기며 아내를 불렀다.

"냅두랑게. 낮에 밥을 두 그릇이나 자시고는 생각이 없는 거여."

"아부지가 좋아하시는 거로 차렸어라이, 몇 술만 잡솨요. 예?"

아내는 아이를 어르듯 콧소리까지 내가며 노인을 일으켰다. 그때였다. 억지로 몸을 일으킨 노인이 아내를 빤히 보며 물었다.

"괴기 사왔냐?"

"야아, 돼지앞다리 큰 거 사왔어라. 쪼깐 구울까요?"

"지사 지내야 헌당께."

"지사요? 암만요. 지내야지라이."

"물에 빠져 죽은 그 사람들 지사 지내줘야재."

그 말에 용배가 밥상을 밀치며 소리를 버럭 질렀다.

"염병 헐, 또 그 소리다요? 그 사람들 지사를 어째 우덜이 지내라이? 저 영감탱이가 어째 갈수록 노망이랑께."

아내는 두 손을 휘둘러 남편 입을 막았다. 그 사이 노인은 이내 샐쭉해져서는 도로 자리에 누워버렸다. 용배는 밥상을 거칠게 자기 앞으로 끌어당겨 우적우적 밥을 떠먹기 시작했다. 볼이 터지게 밥알을 쑤셔넣고는 아내를 향해 어서 와 먹으라고 눈을 흘겼다. 아내는 마지못해 밥상 앞에 다가앉긴 했지만 차마 밥이 넘어가질 않아 국물만 후

룩후룩 떴다.

용배는 밥을 먹는 둥 마는 둥 수저를 내려놓고는 토방에 나앉아 담배를 빨았다. 설거지를 끝낸 아내가 부엌에서 나와 그의 옆에 앉아 불퉁거렸다.

"몸도 성치 않은 아부지한테 어째 소리를 지르고 그란다요?"

"노인네가 갈수록 나사 빠진 소리만 하니 그라재. 아니, 그 사람들 지사를 어째서 우덜이 지내냐고? 전쟁통에 물에 빠져 죽은 사람들까정 나한테 떠맡기는 게 말이 돼냐고?"

용배는 생각할수록 부아가 치밀어 다시금 언성을 높였다. 노인이 팔팔할 때는 정월 초이튿날 마을 앞 모래사장에서 풍어제를 겸한 위령제를 한해도 거르지 않고 지냈었다. 한국전쟁 때 피난민이 타고 온 배가 마을 앞바다에서 침몰한 일이 있었다. 용배가 세 살 때라 기억이 날 턱이 없지만 자라면서 부친한테 하도 들어서 직접 본 듯 생생했다.

"그때 바다에 몰살한 사람들이야 짠하고 불쌍허지만서두 그게 아부지 탓만은 아니잖여."

"아버님이 맨 앞에 나서서 그 사람들 못 들어오게 내몰았담서요. 그러니 그 속이 오죽허시겄어요? 여자들하고 애들까지 배에 가득 있었다고 안 허요. 두 눈 빤히 뜨고 생때같은 목숨들이 물속에 빠져 죽는 걸 지켜봤을 터인디요."

"아부지 혼자 살겄다고 그란 것도 아니고 난리통에 마을을 지킨다고 한 일인디, 어째 아부지 혼자 저러고 평생 속앓이를 하냔 말이여.

내 말은!”

용배는 줄담배를 푹푹 피며 속을 삭혔고 설 준비로 바쁜 아내는 부엌에 들어가버렸다.

노인은 밤 늦도록 뒤척거리며 한숨도 못 자는 것 같았다. 안방에서 끄응 끙 앓는 소리가 새벽까지 들렸다. 꿈을 꾸는지 헛소리도 새나왔다. 밖에서는 바람소리가 거칠었다. 바람에 찌부러진 양재기가 괴상한 소리를 내며 섬돌 아래를 굴러다녔고 도둑고양이들이 날카롭게 울어댔다.

다음날 용배는 수첩을 뒤적거려서 목포서 표구점을 하는 황 사장 전화번호를 찾았다. 오래 연락을 안 해서 긴가민가하며 전화기 버튼을 눌렀다. 용케도 황 사장이 직접 전화를 받았다. 용배는 저쪽 안부를 먼저 묻고는 소리죽여 ‘그 양반’을 만날 수 있는지 물었다. 눈치 빠른 황 사장이 일단 와보라고 했다. 용배는 내일 첫 배로 올라가겠다고 말했다. 전화를 끊자 자는 줄 알았던 노인이 몸을 뒤척였다. 그의 아내는 마루에서 맷돌을 돌리다말고 한숨처럼 한마디 내뱉었다.

“기어코 거길 갈라고 그라요?”

허연 콩물이 맷돌 옆구리를 타고 줄줄 흘러내렸다.

“내가 다 알아서 헐라니께 임잔 입이나 꼭 다물고 있어.”

용배는 안방을 흘끔거리며 아내에게 눈총을 쏘아댔다. 맷돌손잡이를 쥔 아내의 손이 맥없이 헛돌았다.

“아부지 말이어라이. 언저녁부텀 암 것도 안 잡숫고 누워만 계서요."

"아따, 배고프면 뭐라도 잡수겄재. 밥이라면 환장하는 양반인디…."

용배는 대수롭지 않게 내뱉고는 집 밖으로 나와버렸다. 이래저래 무거워진 마음을 풀 겸 마을 한 바퀴 돌아볼 참이었다. 설이 코앞인 마을치곤 지나치게 조용했다. 하긴, 섬에 젊은이라고는 씨가 말라버린 지 오래고 죽을 날 받아놓은 산송장 같은 늙은이들뿐이니 무슨 활기가 있겠는가. 낼부터는 객지 사는 자식들이 하나씩 둘씩 설을 쇠러 섬으로 들어올 것이다.

하지만 하나뿐인 그의 아들은 올 설에도 고향에 오지 못한다고 미리 전화를 해왔다. 무슨 사업을 한다고 외국엘 들락거리는데 하필 지금 중국에 가 있다는 것이었다. 아들은 마흔이 다 되도록 결혼을 못하고 하는 일마다 잘 안 풀리는지 집에 잘 내려오지 않았다. 제 딴엔 먹고 살겠다고 백방으로 뛰며 애를 쓰는 게 안쓰러운데 애비라는 게 비빌 언덕이 돼주지 못해 속만 아렸다. 용배는 가래침을 모았다가 퉷! 하고 뱉었다. 담배를 많이 피어 그런가, 가래침이 입가에 붙어 떨어지지 않았다. 입술에 매달린 가래를 손으로 떼내어 땅바닥에 패대기쳤다. 혹여 내일 황 사장을 만나 일이 잘 풀리면 아들에게 자그마한 아파트라도 하나 마련해줄 참이었다.

마냥 걷다보니 어느새 모래사장까지 와버렸다. 바닷바람이 차고도 매웠다. 소금기 밴 칼바람이었다. 눈발까지 섞인 매서운 바람은 보이지 않는 화살촉이 되어 날아왔다. 수천 수만 개의 화살을 맞은 그의 몸이 어느 순간 휘청거렸다. 저만치 바다 한가운데 선 바위섬 세 개가 그를 향해 성큼성큼 걸어오는 듯 보였다. 모래사장에 굵은 말뚝이 박혀 있었다. 여름에 민어건정을 말리느라 박아둔 말뚝이었다. 말뚝과 뒤편 소나무에 마주 맨 밧줄이 힘겨루기를 하듯 팽팽했다. 바닷바람에 맞서 버팅기던 밧줄이 휘잉휘잉 휘파람소리를 냈다. 그 소리는 마치 어린 아이가 흐느끼는 소리처럼 들렸다. 고요하던 소나무숲이 한바탕 들썩거리며 회오리쳤다. 용배는 그만 목덜미가 쭈뼛해져 잰걸음으로 집에 돌아왔다.

다음날 첫 배로 섬을 나왔다. 목포까지 트럭을 타고 나갈까도 했지만 눈발이 희끗희끗 날리는데다 목포시내 길도 서툴러 택시를 타기로 했다. 황 사장에게 보여줄 물건은 신문지로 겹겹이 싸서 가방에 담았다. 잠을 설친 아내는 퉁퉁 부은 얼굴로 그를 배웅했다. 한사코 길을 떠나는 남편도 남편이지만 식음을 폐하고 누운 안방 노인 때문에 절로 한숨이 나왔다. 아내는 떡쌀 불린 걸 한 줌 갈아 죽을 쒔다. 노인은 아들이 나가는 소리를 묵새기고 누웠다가 숨죽여 베갯잇에 눈물을 뚝, 뚝 떨어뜨렸다.

목포버스터미널에 도착한 용배는 택시를 잡아타고 시내 한복판에 있는 표구점으로 곧장 향했다. 십 년 전인가, 황 사장이 딸을 여울 때 찾아오고 처음이라 온통 낯설었다. 표구점 간판은 십 년 전 그대로였다. 미리 연락을 받은 황 사장이 밖에 나와 기다렸다가 그를 맞았다. 용배와 한 동네에서 나고 자란 황 사장은 일찌감치 도시로 나와 학교를 다녔다. 젊은 시절 공무원으로 잘 나가다가 비리에 연루되어 옷을 벗고는 표구점을 차렸다. 재작년에 풍을 맞아 고생을 했다더니 그래서인지 몰라보게 삭아버렸다. 백발이 된 황 사장은 호들갑스레 용배를 반겼다. 용배 손을 잡아끌어 안으로 데려가선 홍삼차를 타내면서 여간 비싼 거라며 연거푸 권했다. 향이 진하고 맛이 쌉싸래한 게 귀한 차라는 느낌이 들었다. 용배가 차를 마시는 동안 황은 어딘가에 전화를 했다.

얼마나 지났을까. 양복을 잘 차려입은 남자 둘이 표구점 안으로 들어왔다. 황은 재빠르게 표구점 문을 안에서 걸어잠갔다. 헌데 자기가 알던 '그 양반'이 아니어서 용배는 순간 당황했다. '그 양반'은 지금 일본에 나가 있다고 했다. 양복 입은 둘 중 마른 이가 '그 양반'의 아들이고 같이 온 남자는 골동품감정사라고 소개했다. 그제야 용배는 안심하고 가방에서 물건을 꺼냈다. 신문지로 싸고 또 싼 물건이 완전히 벗겨져 모습을 드러내자 감정사의 동공이 순간 커졌다. 하지만 물건은 갯벌만 겨우 씻겨 냈을 뿐 조개껍데기가 그대로 붙어 있어 무늬나 조각의 형체를 알아보기가 힘들었다. 그저 볼품없는 흙덩이로만 보였기에 순전히 감정사의 손끝에 모든 걸 맡겨야 할 상황이었다.

감정사가 물건을 이리저리 살펴보는 동안 황 사장은 마른 남자를 그에게 소개하느라 쉴 새 없이 떠들어댔다. 아버지를 쏙 빼다느니, 인물이 훤하다니, 일본과 한국을 오가며 사업체를 운영한다느니…. 하지만 용배의 모든 신경은 감정사의 눈빛과 손놀림에 집중하느라 아무 소리도 들리지 않았다. 차를 마시는데도 입안이 바싹바싹 타들어가는 기분이었다. 이윽고 감정사가 한쪽 눈에 끼웠던 특수안경을 벗으며 입을 열었다.

"거기 해저유물은 거의 다 끌어올렸을 겁니다. 십 년이나 발굴을 했으니 진품이 남아 있을 리가 없지요. 간혹 하나씩 들고 오는데 모두 쓸모없는 것들뿐이었어요."

"그럼 이것도?"

"네, 혹시나 하고 기대하고 살폈는데 안타깝게도 송원대 유물이 아닙니다. 흔한 모조품입니다. 이런 모조품은 중국에 가면 집집마다 한두 개씩은 있거든요."

"아따, 어째야 쓰까나? 자네가 헛걸음하고 말았구만잉."

황 사장이 혀를 끌끌 차대며 용배를 위로했다.

"허긴, 그러코롬 갯바닥을 싹싹 뒤졌는디 여즉 돈 될 만한 게 남아 있겄능가?"

용배는 고개를 떨어뜨렸다. 그리고는 주섬주섬 바닥에 놓인 물건을 챙기려는데 감정사가 급히 말을 이었다.

"헌데 이 물건은 모조품치곤 쓸 만해요. 제법 솜씨 있는 이가 만든 듯합니다. 약간의 가치는 있으니 제가 넘겨받겠습니다. 부러 먼 길 달려오신 것도 그렇고 친구 분의 긴한 부탁도 있고 하니깐요."

그 말이 떨어지기 무섭게 '그 양반'의 아들이라는 마른 남자가 용배에게 수표 한 장을 척하니 건넸다. 십만 원이겠거니 생각했는데 동그라미가 하나 더 있는 것을 보곤 용배 얼굴에 화색이 돌았다. 남자 둘이 물건을 챙겨 표구점을 나가자 용배는 수표도 받았겠다, 자기가 한

턱내겠다며 황 사장을 데리고 맞은편 갈빗집으로 자리를 옮겼다. 모처럼 만난 둘은 술잔을 부딪치며 그간의 회포를 풀었다. 거나해진 용배가 아들 걱정을 털어놓자 황 사장은 어떻게든 자기가 도움을 주고 싶다며 움푹 꺼진 그의 어깨를 도닥거렸다. 그렇게 두어 시간을 보내고 용배는 시간을 확인했다. 뱃시간 맞춰서 섬에 들어가려면 그만 일어서야 했다. 용배가 계산을 치르려니 발 빠른 황 사장이 벌써 계산을 마친 뒤였다. 게다가 친절하게도 택시까지 불러놨다.

"정말 구마우이. 내 절대 잊지 않음세."

용배는 그런 황 사장 손을 붙잡고 눈물을 글썽였다.

용배는 택시에 오르자 이내 잠이 들어버렸다. 내리 이틀을 그 물건에 신경쓴데다 낮술까지 한잔 걸쳤더니 물에 젖은 솜이불 같은 몸이 그만 정신을 놔버렸다. 얼마쯤 잤을까. 화들짝 깨서 차창 밖을 두리번거렸다. 택시는 그새 무안를 벗어나 해제반도를 지나고 있었다. 차창 밖으로 황토밭이 벌겋게 펼쳐져 있었다.

"이봐요. 기사양반! 시방 어디까정 간다요? 나를 버스터미널에다 내려주면 되는디요."

"배 타는 데까지 잘 모셔드리라고 합디다요. 표구점 사장님이 왕복 택시비를 미리 주셨어라이."

용배는 황 사장의 환대에 고마움을 넘어 부담마저 느껴졌다.

"그런디 말입니다. 손님 태우기 전에도 그 사장님 부탁으로 젊은 양반 둘을 공항까지 태워드렸는디요. 아따 그 분들도 팁을 크게 줍디다요. 믄 횡재라도 한 모양이어라이. 둘이 속닥이는 걸 언뜻 들으니 보물을 거저 손에 넣었다나 어쨌다나…."

"혹시, 깜장양복에 하난 빼짝 마르고 서울 말씨 쓰고…."

"야아, 맞어라. 우덜은 하루쥉일 발바닥에 불이 나게 댕겨싸도 십만 원 손에 쥐기가 힘든디라이. 참말로 그런 놈들은 뭔 재주를 타고 났는지…."

그 순간 용배는 술이 확 깼다. 택시에서 내리자마자 황 사장에게 전화를 넣었다. 받지 않는다. 끊었다가 다시 번호를 눌렀다. 안 받았다. 용배는 미친 듯 번호를 누르고 또 누르다가 그대로 풀썩 주저앉아버렸다. 그래봤자 황 사장 자긴 모르는 일이라고 잡아뗄 게 분명했다. 그는 땅바닥에 주저앉은 채로 한참을 시르죽어 있었다. 가슴 깊은 곳 어디쯤 생살이 뜯어지는 통증이 느껴졌다. 아파서 지독스레 아파서 자꾸만 헛웃음이 픽픽 새나왔다.

'자넨 말이시, 그물질하는 재주 말곤 달리 신통한 재주는 없당께로.'

갈빗집에서 술잔을 주고받을 때 황 사장이 뱉은 말이 그나마 위로처럼 귓가에 흘러내렸다. 용배는 가까스로 몸을 일으켜서 비척거리며 앞으로 걸었다. 읍내 마트에 들러서는 정종 한 병을 사고 바로 옆 청과상에서 어린애 주먹만 한 딸기도 한 팩 샀다. 집에 노인이 딸기를 참 좋아한다. 새벽부터 날리던 눈발이 그치고 하늘이 구름 한 점 없이 말갰다. 막배를 타고 섬에 닿을 때가 해질 무렵이었다. 바다와 하늘의 경계가 불타고 있었다. 붉게 타는 그 사이로 검생이섬이 따스하게 저물고 있었다. 서해 노을 지는 풍경은 언제 봐도 어머니 뱃속처럼 아늑했다.

집으로 돌아온 용배는 누워 있는 노인에게 딸기를 봉지째 내밀었다. 노인은 눈을 질끈 감은 채 꿈쩍을 안 했다. 용배가 노인을 향해 입을 열었다.

"이번 설에는 풍어제라도 지내야쓰겄어라이. 갯바닥에 고기도 말라불고 동네 인심도 전같지 않으니 크게 지사 한번 지낼라고라이."

그때 아랫목에 애벌레마냥 웅크리고 누웠던 노인이 몸을 벌떡 일으켜세웠다. 노인은 붙은 입술이 떨어지지 않아 한참을 들썩거렸다. 그러고는 뭐라고 말을 하는데 혀가 굳은 건지 웅얼웅얼 모기 소리가 새나왔다. 하룻밤 새 노인의 눈가 주름이 한 치는 더 패인 것 같았다.

"어멈한티 알아서 다 준비허라고 했응께요, 그리 아셔라."

노인의 흐릿한 눈망울이 그렁그렁 차올랐고 마침내 말문이 터졌다.

"그, 그 사람들 말이여. 살려달라고 울어쌌던 소리가 평생을 내 귓구녕에 붙어댕긴다. 뱃전에 달라붙어 쳐다보던 아그들…, 그 어린 것들 눈망울이 허공을 둥둥 떠다녀서 아조 미치겄어야. 니가 세 살 때라 죽은 고것들이 살았으믄 너만 할 것이다. 우덜 살 것다고 생사람들을 차디찬 물속에다 처넣어불었으니…. 내 평생 살아도 사는 게 아니었당게. 인자 나도 죽을 때가 다 되니께 무섭다. 죽어서 어찌게 그 사람들을 볼 거냐! 그 생각만 허면은…."

노인이 꺼이꺼이 통곡을 했다.

"아부지요! 아부지 잘못만이 아니지라. 어쩔 수 없었잖여라이. 아, 안 그렇소? 인자는 다 잊어 불어라이."

노인을 부축하는 그의 눈두덩이 붉어졌다. 솥에 고기를 찌던 아내도 부엌 아궁이 앞에 앉아 눈물을 훔쳤다.

정월 초이틀 아침이 밝았다. 마을 앞 모래사장에 제상이 차려졌다. 돼지머리가 올라오고 떡과 과일이 층층이 쌓였다. 산적이랑 삼색나물, 민어건정도 올려졌다. 푸짐한 제상 주변으로 오색 깃발이 펄럭이고 꽹과리 징 소리 쟁쟁하게 바다로 하늘로 울려 퍼졌다. 하늘빛이 시리게 파랬다. 겨우내 뜰뜰하던 바닷물도 모처럼 청물이 들었다. 굿하는 소리에 고향을 찾은 젊은이와 아이들이 모래사장에 하나씩 둘씩 모여들었다. 알록달록한 한복을 차려입은 어린아이들은 그저 신이 나서는 모래땅을 내달리며 해맑은 웃음을 뿌려댔다. 용배는 등걸 같은 노인을 부축해서 바다를 향해 섰다. 바위섬 세 개가 다정하게 섰고 시푸른 검생이 앞바다에 청어 떼 비늘인 듯 윤슬이 그득했다.

"인자는 돌아오는갑다. 저 봐라. 쩌그 저어…."

노인이 퀭한 눈을 바다 한가운데 던지며 말했다. 무엇이 보이는지 주름투성인 얼굴에 미소가 번졌다.

작가의 말

다음 작품을 쓰게 하는 마중물이 돼주리라

붉은 빛이 산자락을 타고 내려온다.

출근길에 고개를 들어보니 웅석봉 팔부 능선이 불그스름하게 물들어 있는 게 보인다. 기상이변과 전염병으로 세상이 어수선해도 단풍은 또 저렇게 언약을 지키려는 연인처럼 뚜벅뚜벅 지상으로 내려오고 있다. 단풍은 한생을 뜨겁게 보낸 온 산 잎들의 찬란한 향연이다. 흔적도 없이 잊힐까 두려운 잎들의 마지막 몸짓이다. 내가 글을 쓰는 이유도 그러하다.

어릴 적 고향 증도에서 자랄 때는 잿빛 바다만 보았다. 사방이 온통 바다고 개펄이었다. 마을에 나지막하나마 앞산과 뒷산이 있긴 했다. 앞산으로 해가 뜨고 달이 돋았다. 가을이면 마을 아이들이 땔감을 주우러 뒷산을 휘젓고 다녔고 보름날 쥐불놀이 깡통에 넣을 관솔을 긁어모으러도 올라갔었다. 어릴 적에는 제법 높아보였던 산들이 어른이 되어 다시 보니 야트막한 동산이었다. 내 키는 그대로인데 산들은 왜 작아졌을까.

일찍 고향을 떠나 여러 도시를 떠돌다가 지금은 지리산자락 산청에 정착했다. 주변이 온통 산이고 숲인 곳이다. 산자락 끝으로 기다랗게 경호강이 흐른다. 물빛은 더없이 맑고 산빛은 원없이 푸르다. 산청에 온 지 어느새 10년이 되어간다.

십 년 전 가을, 무슨 일인지는 기억나지 않지만 혼자서 중산리에 가던 길이었다. 구불구불한 이차선 도로를 달려가다가 칠정삼거리를 지나고 덕천강이 흐르는 백운마을을 지날 때였다. 한낮 눈부시고 생생한 햇살 아래 덕천강물이 굽이쳐 흐르고, 강물을 따라 이어진 단풍 든 숲이 햇빛을 받아 붉디붉었다. 거기다 푸른 빛 원단을 펼쳐놓은 듯 눈이 시린 하늘이란, 나도 모르게 차를 세우고 '와아!' 깊은 탄성을 내놓았다. 감당할 수 없게 눈부신 풍경에 그만 눈물이 났다. 그 당시 나는 몹시 지쳐 있었는지 모른다. 사람들과 일과 나 스스로에게 혹사당하던 중이었을 것이다. 그대로 더 방치했다간 걷잡을 수 없게 무너질 지경이었다. 집으로 돌아와 짐을 싸서 여기 들어오게 되었다. 지금껏 살면서 내가 내린 결정 중에서 두 번째로 잘한 일이었다.

산자락에 묻혀 살다보니 가끔은 바다가 그리울 때가 있다. 비릿한 갯내음 물씬한 고향 바다는 나에게 양수 같은 존재이기에. 못견디게 바다가 보고 싶으면 차를 타고 집에서 가장 가까운 삼천포로 내달린다. 다행스럽게도 삼천포 앞바다에서 내 고향 바다 내음이 난다. 구불구불 이어지는 바닷가 작은 마을과 무심하게 떠 있는 섬들, 노산공원에 울려퍼지는 〈삼천포아가씨〉는 은근히 중독성이 있다. 저물녘

노산공원 정자에서 바라보는 노을이 고와서 하늘에 붉은 빛이 까맣게 사라질 때까지 오래오래 서 있었다.

만약에, 라는 말을 언제부터인가 쓰지 않는다.

가지 않은 길처럼 의미가 없고 꿈같은 말이기에. 하지만 이번 한번만 꺼내보기로 한다. 만약에 내가 아무 걱정 없이 글만 쓰는 전업작가의 길을 걸어왔다면 지금쯤 어땠을까. 마음에 품은 이야기를 실컷 풀어내었을 테고 지금쯤 후련해져 있을까. 아주 잠깐 생각에 잠기고 얻은 대답은 '그렇지 않다'이다.

살면서 늘 생계를 걱정해야 했다. 혼자서 두 아이를 건사하려니 걱정은 두 배, 세 배로 불어났다. 사람들과 일에 지쳐서 산속으로 도망을 왔지만 먹고사는 걱정은 어딜 가나 똑같았다. 다시금 생계를 위한 일자리를 찾아야 했다. 운이 좋아 군청에 딸린 자리 하나를 얻었다. 난생처음으로 공문이라는 걸 써야 했다. 서식과 견본을 얻어다가 어찌어찌 작성해서 결재를 받으러 갔다. 새파랗게 젊은 담당공무원이 내가 쓴 공문을 펼쳐놓고는 지적을 해대는 거였다. '이런 단어를 왜 써요? 이건 내용과 어울리지 않잖아요. 이 단어 뜻이 뭔 줄은 아세요?' 순간 얼굴이 화끈거렸다. 다시 써오겠다고 말하고 내 자리에 돌아왔을 때 바보같이 눈물이 났다. 공문 하나 제대로 못써서 지적질당하는 나 자신에게 화가 나서 힘들었다. 전임자가 써놓은 공문을 모조리 찾아보며 새로 고쳐서 결재를 받았다. 지금껏 문학이라는 꼬리표를 달고 내가 써왔던 모든 글들이 하찮게 느껴지던 순간이었다. 그 뒤로 나는 최대한 격식을 갖춘 공문다운 공문을 작성하기 위해 모든 감정을 억제하고 객관화시키는 연습을 했다. 자기 연민에 빠지는 일 따위는 절대 삼가야 했다. 나만의 틀을 만들기보다 이미 만들어진 틀 안에 나를 집어넣는 게 우선이었다.

그래서 지금은 행복한가?

문학이, 아니 소설이, 내 삶의 궁극이라는 걸 나이를 먹으면서 자주 깊이 느낀다. 아무리 바쁘게 몸을 움직여도 글 한 줄 쓰지 못할 땐 아무것도 하지 않은 것처럼 허허롭다. 한때 하찮다고 밀쳐둔 원고를 다시 꺼내어 다듬었다. 어느 노 작가가 젊은 시절에 쓴 원고를 홧김에 불태우려는 걸 막았더니 훗날 그것들이 세상에 나와 제대로 빛을 봤다는 에피소드를 떠올리면서.

오래 묵혀서 먼지 수북한 작품을 다듬고 또 어떤 건 새로 쓰고 하다보니 죄다 내 얘기 같다. 세 번째 소설집을 묶으면서 아직도 내 속에서 마저 펴올리지 못한 응어리들이 남아 있구나 했다. 작품 속에서 날 닮은 이들을 만나 화들짝 놀라기도 했다. 어쩌다 만나진 사람들, 부대끼며 웃고 울던 일들, 죽을 때까지 꺼내고 싶지 않던 상처와 까맣게 잊힌 정겨운 눈빛들이 새록새록 돋아나 모니터 화면에 커서로 반짝여주었다. 그렇게 완성한 아홉 편의 이야기를 내놓는다. 이것들이 나에게 다시금 힘을 내어 또 다른 작품을 쓰게 하는 마중물이 돼주리라 기대도 해본다.

이제는 속이 후련한가.

아직도 모르겠다. 삶은 어차피 목적지를 모르고 희뿌연 안개 속을 헤쳐가는 과정이기에 그저 발길 내딛는 대로 걸어가야겠지. 세 번째 작품집을 묶으면서 내가 첫 번째로 잘한 일을 고백하겠다. 내게 소중한 것들을 하나둘 포기하면서 끝내 이 짓을 선택한 게 바로 그것이다. 그래도 아직은 행복하다. 길은 저 안개 속을 좀 더 걸어가봐야겠지만.

2021년 가을에

이진숙

이진숙 소설집
1989 목포

지은이_ 이진숙
펴낸이_ 조현석
펴낸곳_ 북인
디자인_ 푸른영토

1판 1쇄_ 2021년 12월 12일
1판 2쇄_ 2022년 10월 21일
출판등록번호_ 313 - 2004 - 000111
주소_ 121 - 842 서울 마포구 서교동 467 - 4, 301호
전화_ 02 - 323 - 7767
팩스_ 02 - 323 - 7845

ISBN 979 - 11 - 6512 - 037 - 5 03810

이 책은 경남문화예술진흥원의 문화예술지원을 보조받아 발간되었습니다.